たゆたう

特装版

長濱ねる

KADOKAWA

たゆたう

はじめに

初めまして、長濱ねると申します。
二十一歳の八月に書き始めたエッセイが、一冊の本になりました。連載当初からは、環境も心持ちも大きく変化していて、この本の中の私はきっと矛盾しています。ゆらゆら行ったり来たりしながら、ようやく三年が経ちました。

自己紹介として、私の性格を簡潔に説明しようと試みたのですが、正直自分でもまだ紐解けておらず、うまくまとめられません。その代わりに、いくつか私の傾向を挙げてみるので、なんとなく伝わりますと幸いです。

○友達と国内旅行をした際、既に自分は訪れたことがあったが、「ここ来たことあるよ」と口にすると興冷めさせてしまいそうで、初めて来たふりをした。計画時から気づいていたが、黙っていた。

○楽しんでいる時に「落ち着いて、落ち着いて（笑）」と言われるのがすこぶる嫌。一瞬で恥ずかしくなり、その人物の前で二度とはしゃげなくなる。

「楽しんでるね〜」も同義。

○よくエゴサをし、自分への悪口を探す。毎回ちゃんと最新で悪口がつぶやかれている。それにより、結構な数に嫌われていることも自覚している。

私のことを嫌いな人にもこの本を読んでもらえたらなと密《ひそ》かに望んで

いる。

○「生きるのリタイアしたいわー」「仕事やめたいわー」などの類《たぐい》をいつも考えている。主に軽めのそれだが、時折、吸引力強めのブラックホールが出現して身体ごと持ってかれる時期もある。

かといって周りに〝繊細さん〟と思われるのも嫌で、つい社交的に振る舞ってしまったりする。それによって、周りからは〝お喋り好きな明るい人〟と認識をされることも多く、なぜかそれに落ち込む。

○落ち込んでいるときは、腐った土器ぐらい脆い。

そのターンがくると、落ちたものを拾うのでさえも、やるせなさやら面倒さやら悲しさやらが込み上げ、涙が出る。片方のイヤホンを見つめながら、立ち尽くし泣いたことがある。自販機でボタンを押し間違えて、飲みたくもないジュースを買ってしまった時とかも、しっかりめに泣ける。

こんなふうに、ぐるぐる考えながらも、なんとかやり過ごしている日々ですが、たまに生きててよかったと思えるような、煌めいた出会いをすることがあります。

そんな瞬間もこのエッセイには書いてきました。

二十四歳の今だからこそ、この本を出版できた気がします。

稚拙でも、独りよがりでも、矛盾していても、これが私の現在地です。

読んでもらうのは恐縮ですが、手にとっていただけてとても嬉《うれ》しいです。

どうぞよろしくお願いします！

もくじ

題字／カバー写真　長濱ねる
ブックデザイン　鈴木成一デザイン室
写真　NATANE

後楽園の上空にて

親友がいる。あだ名はおーしゃん。地元の友達だ。

彼女は、本人曰くハッピーバイブスの持ち主で、その言葉の通り一緒にいると気持ちが幸せになれる最高の人間だ。

高一の四月、私は家庭科部に入部した。決め手は〝金曜日のみの稼働〟。「はいはい、調理と手芸を週一回、丁度良くて最高です」なめた動機だった。この部活をおーしゃんも選んでいた。彼女のことは同じクラスだったので知っていたが、クラス内での所属グループが違い、入学当初のあの頃はあまり喋《しゃべ》ったことがなかった。クラスの中心にいる快活で優しい人という第一印象で、こんなやる気のない部活を選んだのは意外だった。

そこから、仲良くなるのに時間はかからなかった。話してみれば、意外と気が抜けてて、波長があった。隣にいるだけで何事も楽しくしてくれる彼女は、高校というダンジョンを生き抜くのにとってておきのパートナーだった。勉強、校則、進路、面倒なことは沢山あったが、彼女のおかげで退屈しなかった。鍵のかかった屋上に侵入しようと試みたり、放課後に理科室でシャボン玉をしたりしていた。

思いがけず家庭科部は顧問の先生が熱血で、凝った料理を毎週課せられるスパルタ部活だった。言われた通りにはやりたくない。刺激的な日々を求めていた私達は、「いかにバレずに課題と違うお菓子をつくるか」というゲームを作り上げた。終盤に課題料理を先生にみてもらうことになっているので、もちろん課題もこなさなければならない。課題：茶碗蒸し、裏チャレンジ：クッキー。課題：パエリア、裏チャレンジ：カップケーキ。こんな風にだ。次第にこのチャレンジは部活全体に広がり結束感を生んだ。先生が近づいてきたら、誰かが気をそらし、別の一人はボウルを持って中庭まで走る。おーしゃんはよく中庭でホイップクリームを泡立てていた（元陸上部なので足が速い）。

あの頃は何もかもが無責任で楽しかった。

おーしゃんは同級生からの人気と信頼が厚く、翌年家庭科部部長になった。私は相変わらず平部員だったが、勝手に誇らしく思っていた。

高二の秋、私は上京の為転校することになった。仕事の都合で、転校理由は同級生には説明してはいけなかったのだが、おーしゃんには伝えた。転校が迫ったある日の昼休み、家庭科室でお弁当を食べながら告げた。二人きりだった。思いがけず、彼女はすごく泣いていた。寂しい、とぼろぼろ涙を落とすおーしゃんをみて、ようやくこの苦しいダンジョンに置いてきぼりにしてしまうことを自覚した。ピンク色の弁当箱を眺めながら、背中をさすることしか出来なかった。彼女を大好きなことや助けられた数々の思い出や、それらについての感謝や、言いたいことは山ほどあったが、あの時は「ごめんね」しか伝えることができていなかったと思う。

それから、ほどなくして二〇一五年十月に上京した。

東京ではアイドルという仕事を始めた。文字通り仕事である。自己管理と自己責任の世界だ。一瞬で心は折れた。毎晩救急車とパトカーの音がうるさく眠れない街で、サイレンが近づいてくるたびに、心細くなり、ベッドで泣いた。これで良かったのだろうか、と何度も考えた。

しかし、目まぐるしい日々をとりあえずこなしていたら、あっという間に一年半が経った。

二〇一七年の春、おーしゃんが東京の大学に合格した。

「ねるそんがいない高校生活は楽しくなかったよー」引っ越しを終え、久しぶりに会った彼女はいろんな話を教えてくれた。くだらない話に二人で息ができなくなるくらい笑った。それまでより生活が明るくなった。おーしゃんが東京にいる。近くにいる。ホームシックもいつの間にか無くなっていた。

そんな我々ももう二十四歳である。いまは東京というダンジョンに二人で挑んでいる感覚だ。

先日、仕事終わりに愚痴を聞いてもらっていたら「なんか遊園地とかで発散したくない?」という話になった。そして一時間後、我々は東京ドームシティにいた。あたりはもう真っ暗で、煌々と輝く遊具は美しく、もうそれだけで満足できた。

閉園まであまり時間がなかったので、とにかく数をこなそう、と近くにあったアトラクションに走った。子供向けのフリーフォールから、ゴンドラ、バイキング、ウォーターコースター、手動のパラシュート。ビルを貫通するジェットコー

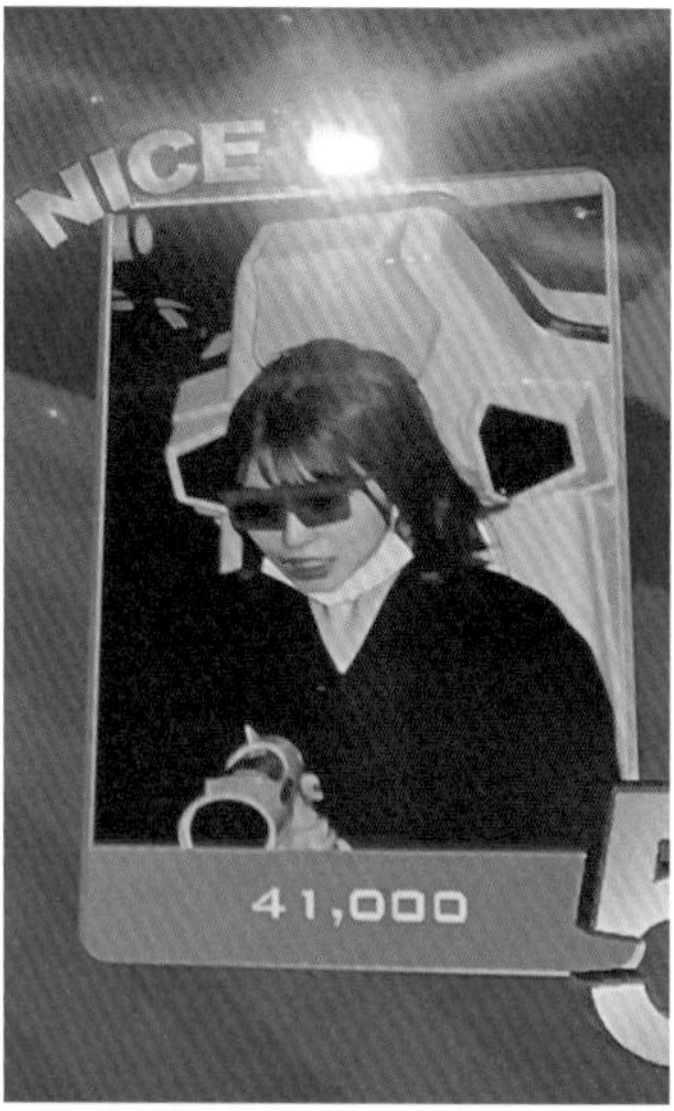

スターもあった。

中でも我々はレーザーミッションにハマった。暗い部屋にレーザー光線が張り巡らされ、そのレーザーに触れないように向かいの壁の解除ボタンを押すというシンプルな子供向けアクティビティだ。小部屋に入ると六十秒のカウントダウンが始まり、一気に灯《あか》りは消え、縦横無尽に緑のレーザー光線が現れる。

慎重に進んでみる。ブー。まだ時間が残っているので再スタート。ブー。我々に強盗は向いていないらしい。改めて再スタート。ブー。柔軟性のない身体のせいなのか、大きなお尻のせいなのか、どうやってもレーザーに当たってしまう。制限時間が終わり、部屋が明るくなった。クリアならず……。

私たちは誰も並んでいない受付にまた向かい、もう一度挑戦した。やはりクリアはできなかった。

最後は観覧車に向かった。どうやらカラオケ付きのゴンドラがあるらしい。

「さすがにこれ乗りたいよね」我々は別列で待機した。その間、お写真撮りませんか？　と公式カメラマンに声をかけられたので、観覧車をバックに写真を撮ってもらった。

　カラオケゴンドラには無事に乗れ、東京の夜景を一望しながら、合唱曲を歌った。

　我々は何にも途切れてなくて、全部が陸続きで今に辿《たど》り着いたのだ。心の中で離れていた時間をそう労《ねぎら》った。

　観覧車を降りると、乗り込む前に撮ってもらった写真が一枚一二〇〇円で販売されていた。秋の名残を留《とど》めた偽物のもみじの前で楽しそうに笑っている私達が写っている。スマホには、この日撮ったツーショットが沢山収められていたが、

この写真は特別に感じて購入した。

以前、彼女がＬＩＮＥでこんな言葉をくれた。「すぐ駆けつけるからね」「その為に東京にいるからね！」

ピコンピコン、と画面に現れたその文字を長らく眺めた。得体の知れないブラックホールの入り口で溺れ、抗《あらが》っていた私を、丸ごと掬《すく》い上げてくれた。

彼女はいつもそう。サラッとしていて、それでいてどんなことも見逃さない。

おーしゃんは大学卒業後、都内に就職した。近くにいると思うと、随分気が楽になる。

今日も場所が別々なだけで、同じダンジョンで戦う仲間。そう彼女に思いを馳せ、なんとか、やり抜いているのです。

伊勢佐木町の新刊書店にて

十二月、横浜に住んでいる友人、にっしーに会いに行ったところ、有隣堂の伊勢佐木町本店に連れて行ってくれた。

その日はクリスマス直前で、町中イルミネーションが施されていた。有隣堂の本店は横浜なんだね、と彼女についていきながら、ぬくぬくと厚着をした人で賑わう通りを進んでいく。本店はすぐに見つかった。YURINDOと書かれた赤い看板に目を惹かれながら、入口近くにある雑誌コーナーをさらっとチェックし、奥の新刊のコーナーに向かう。にっしーの姿は既に見えなくなっていた。思い思いに本屋を楽しんでいいタイプの友人であることにほっとする。自分がどんな本に興味を持って手に取っているかを知られるのは、結構恥ずかしい。

以前、テレビ収録で自宅の本棚を撮影してきてくださいというお願いがあったが、ほとんどブックカバーをつけたまま提出した。何を読んでるかなんて、あんまり教えるもんじゃない。

「それ読んだ?」彼女はいつの間にか同じコーナーに来ていた。私は抱えていた西加奈子さんの『i（アイ）』に目を落とす。首を振り、「読んだ?」と彼女に尋ねた。「どうだったー?」という何とも無粋な質問も加えてしまった。

「うん、私はどうしようもなく救われてしまったんだよね」

どうしようもなく救われてしまった……。彼女と別れた後も、私はその言葉を反芻していた。同い年で東京藝大を目指している彼女。普段あまり心のうちを語らない彼女のいう〝救い〟が気になった。どうしようもなく、ってどういう意味なんだろう。

読みかけの本をすっ飛ばして、帰宅後すぐに『i（アイ）』を読み耽った。どんどん本の中に潜っていくにつれ、ある記憶が蘇ってきた。

小学三年生の夏のことだ。その頃私は学童保育に通っていて、同い年くらいの子と、木に登ったり川でサワガニを捕まえたりして放課後を過ごしていた。冬には焚き火をして焼きリンゴを作ったりもした。

その日も新しい遊びを探して、山道を歩き回っていた。

ズズズズ、スーー。エリがいきなり歩いていた車道を外れ、竹藪《たけやぶ》に続く坂を滑り落ちていく。気持ちいいよー！　と泥だらけになった彼女が下から叫ぶ。すごい汚れちゃってる……恐々と隣を見ると、躊躇なくユウキが続いて滑っていった。順番的に、次は私っぽい、よね。ここで怖がると白けるな、瞬時にセンサーが働き、

お尻にゴツゴツとした感触を感じながら私は竹藪に突っ込んだ。想像以上の急斜面に、ひゃぁーーーと裏返った声が出る。すぐに嫌な予感がした。

「ぶりっこすんなや」ユウキがニヤニヤとこちらを見ている。どうしてこの年頃の男の子はそういういじりが好きなんだろう。日々腹立たしく思っていた私は、自分がそう見られないように過敏に気にして過ごしているというのに。彼らは絶対に見逃さない。例に漏れずこの日も嬉しそうにからかってきた。

今でこそ、〃あざとい〃や〃ぶりっこ〃が揶揄としてではなくポジティブな言葉として使われるようになったが、十三年前のことである。さらに当時の私は、人より過剰な自意識を持ち合わせていた。

案の定、自分が可愛こぶっていると認識されたことに激しく羞恥心を抱き、受け入れられずにいた。ぶりっこしてない、ぶりっこしてない、言い返すこともできず俯いたまま心の中で反論した。次にリナが滑ってきたが、私はまだなお恥ずかしさで感電状態にあった。

「きゃーーー」リナも同じように怖い怖いと高い声を出しながら降りてきた。リナもからかわれてしまう……！　と意識が戻ってきた瞬間、「ぶりっこ二人おるやん！」とまたユウキの声が飛び込んできた。もういいって……。呆《あき》れながらも再度ショックを受ける私を横目に、あっけらかんとリナが言った。

「もともとこんな声だから仕方ないじゃん」

ユウキもリナの言葉を気に留めることなく、次の遊びを探しに竹藪の奥にずかずか先に進んでいる。私だけがその場に立ちすくみ、リナの後ろ姿を見つめていた。

もともとだから。さらっと自分を真正面から肯定してのけたリナが、とてもかっこよかった。

十年以上経った今も、その記憶は大切にしまっている。リナの勇敢な姿に、勇気をもらいたくなったら、時折思い出しているのだ。

『i（アイ）』の主人公、アイの親友ミナを見ていると私はリナを思い出した。リナは今地元で看護師をしている。彼女のしなやかな品のある強さに、いつまでも憧れている。

読み終わった後、にっしーの言葉に少し近づけた気がした。同時ににっしーのことを何も知れていない感じがして、少し寂しくなった。

✸

以前、一度西加奈子さんとお仕事をご一緒する機会をいただいたことがある。二〇一八年の『Quick Japan』で西さんの特集がなされた際、西さんを愛する一人としてご本人と対談させていただくという内容だった。小学生の頃からずっとファンだった私は、偉人に会えるような感覚で現実とは思えず、身体がずっと浮遊していた。しかし当日、西さんのお子様が体調を崩されたようで、お会いすることは叶わなかった（西さんのお母様姿……！　さらにさらに愛が募った）。

こんな機会そうそうないから、と手紙を書くことにした。撮影が終わるまでの間に書き上げて、編集部の方にお預けしよう。下書きも添削もなく、ひたすら西さんへの想いを溢れるままに綴った。気づけば便箋三枚分になっていた。支離滅裂な文章がみちみちと敷き詰められている。いくらなんでも失礼すぎるか。理性が私に問いかけたが、渡さないよりは渡したい！　とそのままお渡しした。

それから数週間が経って、お返事が返ってきた（……！）。間違いなく西さんの柔らかい文字で、直筆であった。そこには二十歳を目前にした私の悩み（私はずうずうしいことに内容のほとんどで自分の悩み相談をしてしまっていたようだ）に対する丁寧な返答が認《したた》められていた。

『……アイドルを取り巻く諸々の事象を「有名税だから仕方ない」と片付けられるなら「いやその税金高過ぎるやろ‼」と叫びたくなります。どんな職業であれ、ネルさんが二十歳の女性であることは変わりません。……』真摯に受け止めて、それでいてカラッと吹き飛ばしてくれる、そんな言葉達だった。サンタさんからのプレゼントのようでどうしても信じられず、夢心地のまま手紙の文字をなぞった。

西さんにお返事を頂いてから二年半、私は二十二歳になったが、当時の私はアイドルという仕事の実体をいつまで経っても掴めずにいた。何の技術も魅力もない十代の自分が、実力に見合わぬこんなに華やかな経験をさせてもらっていいの

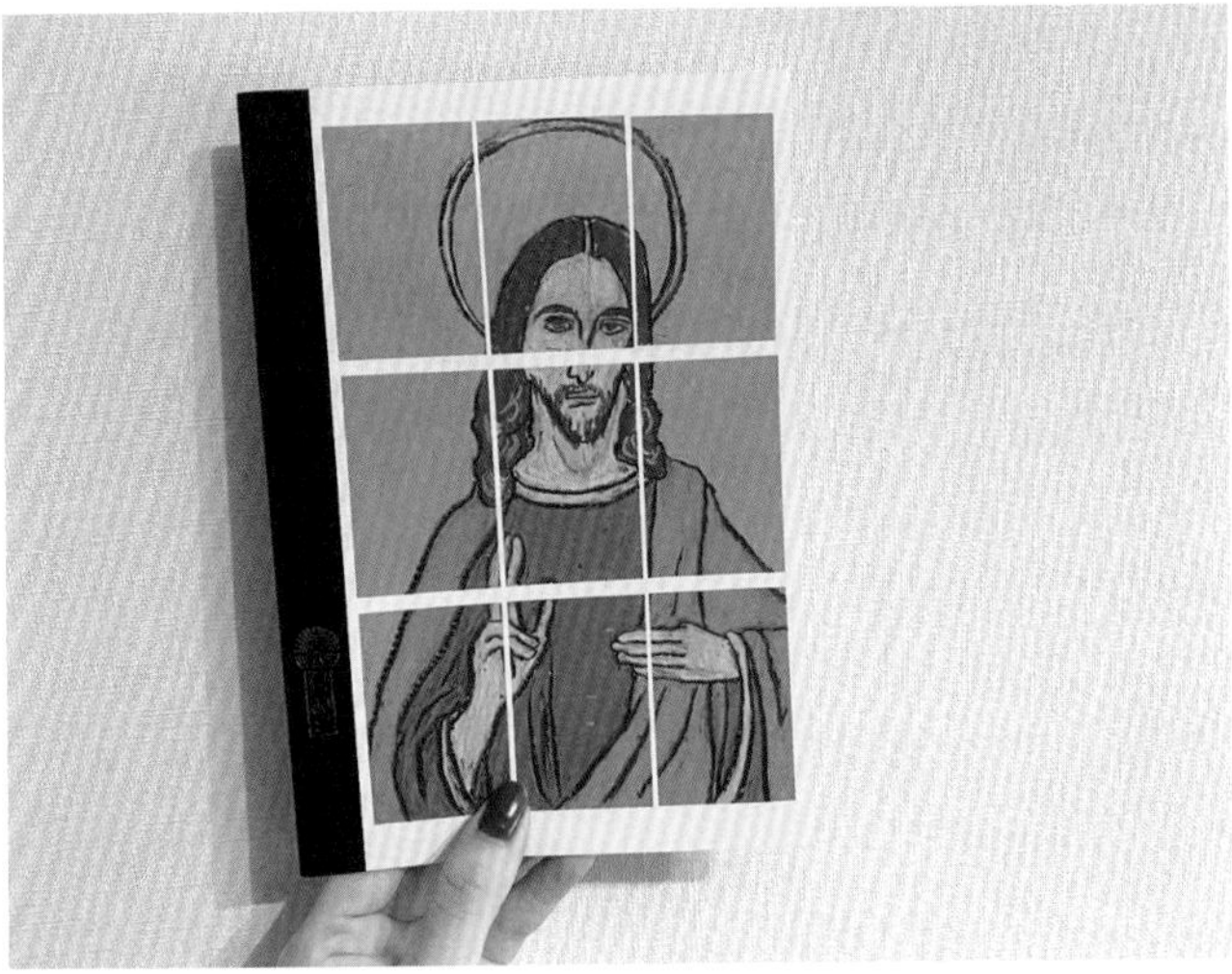

伊勢佐木町の新刊書店にて

か。いつかメッキが剥がれて、君には何もないじゃんと失望されるのではないかと怯えていた。

周りに見えている自分と、私が知っているはずの自分がどんどん乖離していった。外から聞こえてくる様々な声が、氾濫した川のようにだくだくと私を覆い、自分を見失いずぶずぶと溺《おぼ》れていくような感覚に陥ったりもした。


西さんの言葉はそんなずぶ濡れの私を、太陽のようにぽかぽかと照らし、辺りを落ち着かせ、平穏に戻してくれたのだ。

また溺れそうになった日、仕舞い込んでた本音が溢れそうになった時、誰に頼っていいかわからず殻に閉じこもっていた頃……。反対に、お仕事に手応《てごた》えを感じて嬉しかった夜、やってみたいことを見つけた瞬間。

悲しい時も嬉しい時も、いつも西さんの手紙を読み返した。そして手紙の最後に引用されていた大好きな『サラバ！』の言葉を心に留め直していた。「あなたが信じるものを、誰かに決めさせてはいけないわ。」


簡単に、心ない出来事や言葉に触れてしまう、この世を生き続けることは間違いなく大変だ。しんどくてたまらない。世界に溢れかえる膨大な情報に引っ張られてしまうことも多い。

だけどせめて、自分の心は自分で守れるように。私は大切にしている言葉を、傷つけないようそっと心にしまう。そして優しく光る自分だけのお守りを眺め、心を取り戻している。

特別対談｜

西 加奈子

にし かなこ

〝本〟と共に生きる

本書にもその名が登場するように、長濱ねるにとって西加奈子という作家の存在は特別なものだ。幼い頃からその作品を読み、何度も救われてきた。そしていま、敬愛すべき作家と同じ「書き手」になった長濱は何を思うのか。二人の作家が考える、「書くこと」と「読むこと」の奥底にあるものとは。

取材・文＝イガラシダイ

そのままで生きることがすべての女性を救うはず

西　ねるさん、『たゆたう』、本当に素晴らしかったです。

長濱　本当ですか……！　うれしいです。

西　まず、ねるさんの文章ってすごくユーモアに溢れているんです。時々、() 書きで自分自身にツッコミを入れているけど、それはつまり自分を客観視しているということですよね。そうやって自分を俯瞰しながら苦しみや悩みの輪郭をきちんと書いているけれど、それだけではなく、たとえば自分が恵まれた場所にいることも理解している。「とても苦しいんだけど、私がこの立場で苦しいって言って、果たしていいのかな。」って。そうやって、あくまで自分に厳しい目を向けるのがもう、とてもねるさんって感じでした。

長濱　西さん、ありがとうございます（涙をこぼしながら）。

西　実はねるさんのエッセイを最初に読んだのは、私が登場するエピソード（「伊勢佐木町の新刊書店にて」）なんです。そのエッセイを拝読して、「素晴らしい文章を書く人なんだ」と感じて。そこではねるさんが小学生の頃、男の子たちに「ぶりっこ」とからかわれたときのことを書いています。ねるさんが色々考えてしまっている中、一緒にからかわれたリナさんという友達が「もともとこんな声だから仕方ないじゃん」って返すんですよね。そのモーメントの描き方が素晴らしいし、言葉は最小限だけど、ねるさんの人生にとって大切な瞬間だったんだ、って分かる。それに、そういう瞬間のことをいまでも大切に心にしまっておけるねるさんを、私は信頼しています。さっぱりしたボーイッシュな女の子のほうが世界に媚びていないように思われがちだし、きっといわゆる旧来の女の子らしさがある子は、そのことに対してある種の自己嫌悪を持つと思うんです。でも、本当は、どんな人間だって世界に媚びてるし、同時に、どんな人間だって自分のままで堂々と世界に存在していいはずですよね。このエッセイを読むと、それこそ「自分はぶりっこなんじゃないか」と悩んでいる女の子みんなが救われるんじゃないかな。

長濱　ありがとうございます。西さんがこんな風に私の文章を真っ直ぐ受け取ってくださっていることがとにかくうれしく、それだけで、親の反対を押し切り上京して良かったな、と思えます。それに「もっと文章を書きたい」と感じました。連載当初は自分の心を整理するため、自分が救われるためでしか書けていませんでしたが、いまは、あわよくば誰かに届いてほしいなと思うんです。

西　ねるさんは十分「書いている人」だし、私も書く人間として、同じ地平から眩しい思いで見ています。ただ圧倒的に違うのは、ねるさんは表に立つ人ということ。しかも、女性として、すごく残酷な場面に出会うことが多い立ち方をしている。誕生日にお父さんからメールが届いたエピソード（「かっこ悪いエッセイ」）で、〈涙が顔を伝わないように、真下を向いて、ぼたぼたと布団に落とし続ける。これが一番腫れが少ない方法だと知っている。〉という文章がありますよね。この文章だけで、いままで何度一人で泣いてきた夜があったかがわかる。しかも、その悲しみを翌日の仕事に持ち越さないように努力しないといけなかったんですよね。自分が救われるために書いていたと仰ったけど、きっと救われる濃度が私とは違うんじゃないかな。日本ってやっぱり狭いと思うんです。物理的にだけではなく精神的にも狭くて、監視されている感覚がすごくある。そう考えると、ねるさんの人生は私たちとは比べ物にならないくらいの視線に囲まれていたと思うんです。アイスランドの音楽が好きで、それはどうしてか、MVを見ていて、それが故郷の五島列島にそっくりだからだ、と気づいた、と書かれていたけど（「愛しのアイスランド」）、私の場合、故郷を恋しく思うようになったのは最近です。それだけでも、ねるさんが何倍も濃い人生を歩んできたんだなってわかります。

本は鏡であり、扉でもある
主人公たちから未知の感情を知る

長濱　子どもの頃から本が身近にある環境でした。私にとって読むことは当たり前のこと。なので、「本からなにかを得よう」なんて考えたことはありませんでした。ただ、本を読むことで自分自身の感情を知ることにはつながっていたように思います。なんだかよくわからないけれどモヤモヤしているときに本を読んで共感したり、あるいは主人公に腹が立って、真逆の感情を抱いている自分に気づいたり。

西　本を通して自分のことがわかるというのは、本当にその通りですよね。私、本って鏡であり扉でもあると思ってるんです。まるで自分のことが書かれてあるように感じる。でも同時に主人公と自分は絶対に違うということを突き付けられる。自分のことを知ることはできるけれど、そこからどうするかは自分次第だっていう。二〇二一年に乳がんの宣告をされたんですけど、治療中に「あ、いまの感情知ってるな」って思うことが多々あったんです。がんになったのも初めてだったし、死ぬかもしれないと不安になったのも初めてなのに、なぜかその時々の感情を知っている気がして。なぜかというと、いままで読んできた本の主人公たちが私の代わりに何度も死にかけてくれていたんですよね。あるいは私より早く死んでくれていた。だから私は、彼らを通してその瞬間の感情をすでに知っていたんです。それに救われました。

長濱　すごくわかります。

西　だからねるさんのエッセイを読んだ人のなかには、「私の代わりに泣いてくれている」と感じる人もいるだろうし、いずれ顔が腫れないように泣かなくちゃいけない瞬間が訪れたときに、ねるさんのことを思い出す人もいると思う。本を読むことが予行演習というわけじゃないんだけど、それでも「この感覚、初めてじゃないな」と思えるのはとても心強いことだと思います。

長濱　せっかくなので、西さんの本に対する思いも伝えさせてください。本の感想を誰かに伝えるのってすごく苦手です。何を読んでいるのかを知られることが、パーソナルな部分を見せるみたいで恥ずかしくて。それでもエッセイに書いちゃうくらい西さんの作品が大好きで、読んでいると西さんの太陽みたいな明るさを感じて、自分自身も素敵な人なんじゃないかって思えるんです。それは小学生の頃からで、当時は西さんの人柄やパーソナルな部分はもちろん知らなくて、とにかく「西　加奈子」という名前だけを認識して読み続けてきました。でも実際にお会いしてみたら、本を通して感じていたことと西さんがつながって。そのとき、私は子どもの頃から西さんに自分の心の内を聞いてもらい、救われてきていたんだなと感じました。それから西さんのインタビュー記事なども読むようになり、つい最近の記事で西さんが「自分が加害者になり得ることも意識して書く」と仰っていたことが忘れられなくて、私もそこは意識していこうと思うようになりました。

西　自分が知らないところで加害側にまわっていることはあるし、誰かを傷つけてしまう可能性も絶対ありますよね。だけど現段階でのねるさんは、若い女性として表舞台に立って、自分が本当はどういうことをされてきたのか、あれはどういうことだったのかを考えて伝えていくほうが、後に続く若い女性たちのためになると思う。まず、おかしいことに気づくことですよね。

誰も傷つけない作品はない
だからこそ、多くの作家が必要

長濱　最近、社会を知れば知るほど書けなくなってきました……。たとえば、子どもの頃のすごく楽しかった思い出を書いたとします。でも幼少期に苦しい経験をされた人がそれを読んだらとても傷ついたり失望したりするのではないかって考えると、自分のことがうまく書けなくなるんです。芸能のお仕事をしていて感じたことも「いやいや、世間知らずだよ」と思われるかもしれない。ガスや水道が止まるような経験はしていないし、自分は恵まれた環境で育ったからだと思うと、怖くて迂闊にいろいろ書けなくなってしまいます。

西　わかります。二〇一一年に起きた震災の後、あらゆるところで「自粛」と言われるようになりましたよね。たとえば知り合いのミュージシャンは歌詞のなかにある「瓦礫」という言葉が地震を想起させるから変えるように注文された、と言っていました。文学の世界ではそこまでの検閲はなかったけれど、それでも「こういう話を書いて良いんだろうか」と悩む瞬間はあったんです。だけど、誰も傷つけない作品なんてあり得ないんですよ。たとえば私の書くものは、自分の身体を使って自分自身を取り戻すシーンが多いんです。裸になって海に飛び込んだり、走り回ったり。でもそれって、身体を動かせない方たちからすると、実はとても辛いシーンだったかもしれない。そして「辛いかもしれない」と思うこの気持ちも傲慢です。とにかく、作品で誰かを傷つけないなんてことは絶対にあり得ない。この世には大勢の作家がいて、私の作品に傷つけられた人が、他の作家の作品に救われることはあるし、その逆もあるかもしれない。だからこの世界には多くの作家が必要なんだと思うんです。

長濱　そう考えると、私も書いて良いのかもしれないです。

西　もちろんです！　ねるさんみたいな方って苦しみを吐露しにくいじゃない？　いろんなことに優れていて、家族にも愛されていて。だけど、そういう人にだって苦しみはあるんです。もちろん、自分が世界一苦しいんだって言う必要はないけど、ねるさんの苦しみを無かったことにするのはおかしい。恵まれていること、加害性があるかもしれないことを自覚しつつ、書きたいものを書くしかないんだと思います。それにねるさんって、思考の過程をすべて見せてくれるでしょう？「自分は恵まれているかもしれないから、書くべきじゃないのかもしれない。でも……」って。その正直さをすごく信頼する人はいると思うよ。私もその一人です。本当にたゆたってる人は、たくさんいるから。

長濱　そうでしょうか……！　ただ、書くことってすごく孤独で、この本の奥に誰がいるのかが全然わからないんです。

西　それはありますよね。本を書くことと読むことって、一方通行な関係なんだと思います。作者はただ一方的に、全力で自分の書きたいものを書いて、そしてそれをどういう風に受け取るかは、圧倒的に読者に委ねられている。私は、その関係性を信頼しています。ねるさんはこの作品のなかで、いろんなことを祈っているじゃない？　その祈りはこの作品用の祈り、ではなく、ねるさんが普段からしていることを、ただ書いただけですよね。だからこそ、きっといつか、思いがけない方法で誰かに届くと思うんです。

長濱　そんな風に感じていただけてうれしいです。書いていて自分では気づいていない私のことをこうして言葉にしてもらえるとすごく腑に落ちますし、もっと大げさに言うと、自分は生きていても良いんだなと思えます。絶望することのほうが多いし、それを書こうとすると「自分なんかの絶望を書いても……」と手が止まってしまうので、読む人が元気になれるようなことを書いたほうがいいのかなとも迷うんです。でも、私が普段考えていることは暗いことのほうが圧倒的に多いから。だから西さんとお話ししたことで、こんな自分でも生きていていいんだなと思えました。

西　長生きしようね。四十、五十歳になったねるさんに会いたいよ。

にし・かなこ　1977年、イランのテヘラン生まれ。エジプトのカイロ、大阪で育つ。2004年に『あおい』でデビューし、翌年発表した『さくら』がベストセラーに。07年『通天閣』で織田作之助賞、13年『ふくわらい』で河合隼雄物語賞、15年『サラバ!』で第152回直木三十五賞を受賞。その他の作品に『きりこについて』『漁港の肉子ちゃん』『くもをさがす』など多数。

清く正しく名に恥じぬ休日

急に冷え込んできた。今日は休みなのでアラームに起こされることもなく、思う存分寝ることができた。未《いま》だ暖房をつけずに耐えている私は、布団に埋《うず》まり、携帯で時刻を確認する。

もう十二時を過ぎていたらしい。ごそごそとリビングに移動し、すぐさま電気毛布にくるまった。布団から出て二秒、ソファの上で同じ体勢である。とりあえずテレビのリモコンを手に取った。「どうも〜、悪い時もいい時も自分だ。バッドナイス常田《つねだ》です」ふっ。急に映し出された芸人さんの挨拶が、やけに核心をついてきて声が漏れる。悪い時もいい時も自分、か。ほんとその通りだ。

私は、ここ最近ずっとおばあちゃんになりたい、と考えている。人生においてのいろんなものをすっ飛ばして、早く戦線離脱したい。ギーコギーコと揺れる木の椅子に座りながら一生本を読んでいたいし、暖炉の前で温まる大きなゴールデンレトリバーを見ながら編み物をしたい。早く歳をとって、晩年を過ごしたいのだ。理想のおばあちゃん像は、『100万回生きたねこ』に出てくる、ずっと窓の外を眺めながら一日を過ごすおばあちゃんだ。あの姿はとても尊い。

私の実家で一緒に住んでいる祖母も、あまりにおばあちゃん然としたおばあちゃんである。朝起きたら、砂糖とバターをたっぷりのせたトーストを食べる。その後は庭のお花の世話をしながら、飛んでくる小鳥たちを愛《め》でる。それから縁側に座る。この時間がすごく長い。テレビを見てる訳でも本を読んでいる訳でもなく、ただそこにいるのだ。

もしかしたら私に見えていないだけで、何かしているのかもしれない。同じく何をしているのか疑問に思っていた姉が、祖母に聞いてみたことがあるらしい。

じっと座っている時は、頭に日本地図を思い浮かべて都道府県を上から順に思い出していったり、花の名前を知ってるだけ言ってみたり、あとは、手のシワを数えている、とのことだった。私は感動した。想像以上にいろんなことをしていたのだ。手のシワを数え直す……。私も一度挑戦してみたが、シワと手紋の境がわからず、心が折れた。やはりおばあちゃんとしての鍛錬が足りていないらしい。

祖母に想いを馳せていると、テレビの画面はいつの間にか通販番組に切り替わっていた。ソファに寝転びながらザッピングしてもあまりそそられず、好きな海外ドラマを流すことにした。セリフも展開も全部知っているシーンを、惰性で見つめながら、もう一度うとうとし始める。

普段から一人でいる時間がとても好きだ。そして家の中が一番気が楽である。休日は基本的に家から出ないし、できるだけ長く寝ていたい。「ねる」という気が抜けた本名も気に入っている。「長濱 てきぱき」や「長濱 手際よし」などの名前じゃなくて良かった。名前、〝ねる〟だしなあ……とぐうたら休日の免罪符にできるから。

そういえば、寝てやらかしたことあったな。夢現《ゆめうつつ》の境で、高校時代が頭に浮かんだ。

高校二年生の秋、私は長崎の共学校から東京の女子校に転校した。流れるプールのような人混みに悪戦苦闘しながら通学し、校内ではクラシック音楽が常時流れるトイレに馴染めずにいた。こんな異世界で生活できるのか、しばらくプチパニックの日々が続いた。

　やらかしたのは転校初日の一時間目、政治経済の授業の時だった。担当は生徒に人気がありそうな清潔感のあるダンディな先生。東京といえども、さすがに洗練されすぎでは……と衝撃を受けた。長崎での、年中半袖の元気はつらつ先生や、ヘビースモーカーすぎて咳が止まらず全然授業が進まない先生との日々を懐古する。元気にしてるかな。つまらないと思っていた日常が少し恋しく感じ、上の空のまま板書をノートに書き写していた。

キーンコーンカーンコーン。ばっ。意識が戻る。時計を見ると授業終了を知らせるチャイムであった。開始十分以降の記憶がない。転校初日の一時間目、辺りは馴染みのない景色である。一瞬、異世界に転生してきたかと疑ったが、要するに三十分以上爆睡してしまっていたようだった。この状況を信じられずにいる私は、周りを見るのが怖く、ゆっくりと顔をあげ前方だけを見つめる。

さすがに一時間前くらいに『長崎から転校してきました、長濱ねるです。よろしくお願いします』としとやかぶって挨拶したやつが、すぐ爆睡するのはキャラが違いすぎる。

何事もなかったかのように平然と終わりの挨拶をしたが、みんなの温度感がわからない。案外ばれていなかったのかもしれない。いくら名前が〝ねる〟だからと開き直っていても、今回ばかりは印象が良くない。初日はとても大切なのに。

誰かと目が合うのが怖く、休み時間になっても教科書をパラパラとめくって過ごした。「にっしーまた遅刻?」空席だと思っていた隣の席に、くるくるとした猫っ毛が特徴的な女の子がゆっくりと到着した。にっしーと呼ばれているらしいその子は、のんびりとした口調で何か弁解をしている。一気に教室の氷が溶け始めた。救世主にっしー、本当に助かった。

眠りかけていたが、あの恥ずかしさを思い出し起きてしまった。にっしーは元気にしているのだろうか。あの後しばらく経ってクラスに馴染んできた頃、初日の爆睡についてクラスメイトから総ツッコミを受けた。得体の知れない転校生が初日の一時間目から寝ていたら、私でもその図太さに恐怖を覚えると思う。先生も注意できずに戸惑っていたらしい。そりゃそうである。

知らぬ間にドラマは結構進んでいて、好きなシーンに備えソファから体を起こす。ぐるるる、お腹の音が部屋に寂しく響き渡った。空腹の時はいつもお腹が鳴るのだ。何か食べるものはあるだろうか、キッチンを物色しに向かった。

中学三年生、その頃の私の一番の悩みはお腹が大きな音を鳴らすことだった。できるだけ人の注目を浴びないよう、隙間隙間を抜けるように過ごしていた私は、本当に心の底から悩んでいた。もしお腹の音を誰かに聞かれて突っ込まれても、正直に認めることも否定することもできず、ただただ赤面してしまうので、そもそも鳴らさないがベストアンサーだった。

授業中に鳴りそうな時は、机や椅子を引くことで音を立て、誤魔化した。朝ごはんもちゃんと食べている。人よりも大食いという訳でもない。そういう体質なのか、原因を突き止められずにいた。

全校生徒が体育館に密集する集会は、毎回緊張していた。音を立てて紛らわせる椅子も机もない。

その日は合唱コンクールが体育館で行われる日であった。さあ、今日という日を何事もなく乗り越えるぞ。私は、ラスボスの待つ大きな城を下から見上げているような気持ちだった。二年生の合唱から始まった。一組の合唱中、もうお腹が鳴った。全然序盤、お城の扉を開けたくらいだ。道のりはまだまだなのに、ラスボス（腹）はもう戦闘態勢に入っているようだ。周りの反応が気になって合唱どころじゃない。とりあえずは歌っている最中《さいちゅう》だったため、周りにはばれていないみたいだ。

二組が終わり三組。嫌な予感がしていた。二組目の時に一回も鳴らなかったのだ。爆音ビッグウェーブの予兆だ。今だけはどうか……。冷や汗が出てきた。

三組が壇上へ移動すると同時に、曲名と指揮者、伴奏者のアナウンスが始まる。どうせ鳴るならここで鳴ってください。今！ 今！ むしろ今鳴って！ こっちも必死である。

司会者がプログラムを読み終え、静まり返る体育館にザッザッザッと三組の足音だけが聞こえていた。

『ギュルギュルグゴゴオオオオ』

かつて聞いたことがない大きな音が鳴り響いた。無論私の空腹を知らせるお腹の音である。一瞬、体育館中の時が止まった。私でさえ地響きかと思った。至る所からクスクスと笑い声が漏れ、次第に広がった。私の半径2m以内の人は確実にここ付近に犯人がいることを確信し、音の出所を探している。

本当に申し訳ないのだが、誰も私を疑わない。できるだけ何事にも巻き込まれまいと休み時間は図書室に逃げ込む生徒である。私がまさかそんな爆音を鳴らすとは思っていないのだろう。

案の定、私の真後ろに座っていたまっすーと呼ばれる野球部の男の子に矛先が向いた。「おいお前だろう」周りの男の子たちが詰め寄る。「俺じゃない俺じゃない」まっすーさんは一生懸命否定している。そりゃそうだ、犯人は私なのだから。どうか三組よ、もう合唱始めてくれ。この退屈な空間に飽き始めていたみんなは、犯人探しに躍起になっている。振り返って自白するべきか、やりすごすべきか、良心の呵責に苛まれていた私に、横に座っている隣のクラスの女の子がボソッと呟いた。

「長濱さんだよね」

一気に汗が流れ出した。正真正銘、私発信の音だ。チラッと隣を見るとその子と目が合った。ただうなずくことしかできなかった。

その瞬間、ようやく合唱が聞こえてきた。騒ぎは収まったが、後ろのまっすーさんが気になって仕方がない。結局何も言えぬままコンクールは終わった。

帰り道、罪悪感が消えない私は、友人に打ち明けた。「嘘、まじ⁉ ねるだったの?」爆笑していた。案の定遠くにいてもはっきり聞こえるくらい響き渡っていたらしい。彼女に笑ってもらうことで、まっすーさんへの罪悪感を少し昇華させた。

結局今の今まで謝らずじまいである。あの時の卑怯な態度を、まっすーさんにいつか会えたら謝りたい。完全な濡れ衣、覚えているだろうか。

そんなことを考えながら、ストックしておいたカップラーメンにお湯を入れる。不健康に過ごすことでしか満たされない幸せがあると思っている。まだきっと起きてから十五歩程しか歩いていない。そして、このまま一日何もすることなく終わっていくのだ。

マッサージ

先月の仕事帰りのことだ。あの日は何かにむしゃくしゃしていた。消化不良の焦燥感をそのまま家に持ち帰りたくない。そう思いながらも、寒さを紛らわそうと自然と早足になる。午後六時でも閑散とした商店街で骨気《コルギ》マッサージの文字が目に入った。不思議と急に肩こりが気になってくる。しばらくマッサージとか行ってなかったしな。数秒ほど立ち止まり、恐る恐るお店のドアを開けた。

予約なくても入れます！　の看板の通り、恰幅のいい優しそうなおばさまが笑顔で出迎えてくれる。本格的なコルギのお店なのだろうか、韓国の方のようだ。暖かい店内と感じのいい店員さんに、心が緩む。血液もフルスロットルで流れ始め、ブルッと少し身震いした。上着を預かってもらい、簡単なカウンセリングシートを記入し、上下薄茶色の作務衣《さむえ》のような格好に着替える。着替え終わるとすぐに、先程出迎えてくれたおばさまによる状態チェックが始まった。

「今日はどこ、調子、わるいですか?」鏡の前で軽く肩を揉まれながら聞かれる。この時点で強めな指圧を確認し、これからのリラックスタイムに期待が膨らんだ。

「そうですね、肩、腰…。足も冷えで浮腫んでて」ここぞとばかりに不調を訴える。「わかった、全身ね」マッサージ台に案内され、施術が始まった。


長年の豊富な経験を感じさせる力強い指先で、巧みに肩甲骨の辺りが引き剥がされていく。あれ、思ったよりもずっと痛めだな。開始十秒でもう限界ラインを優に超えていたが、私の肩甲骨回りが凝り固まってただけだ……と自分に言い聞かせ、目を瞑る。その後、背中、腰、お尻と下りていく。どうやら肘も使っているようで、肘の圧もちゃんと強烈だ。

こんなに痛いのは私だけなんでしょうか?　コルギはこの痛みがデフォルトなんでしょうか?　ちょっと意識をどこかに飛ばしておかないと、叫び出してしまいそうなくらいになってきた。痛みに反発しようと、体が強張《こわば》ってしまっている。

ここまで力んでいたら逆効果じゃないか……。

痛みに呼吸を合わせることに徹していたら背面が終わった。不安を抱えたまま仰向《あおむ》けになる。前面は足の裏から始まった。ゴリゴリ…ぶちぶち……。あらゆる細胞が死を迎えた音が聞こえる。さらに指・肘だけにはとどまらず、器具が出てきた。古くから受け継がれてきたであろう、歴史を感じるえんじ色の小さい棒でお腹を押される。「うっ」声が漏れる。

「腸をマッサージしてますよー」おばさまは相変わらず平静である。「あの、い、痛いです」やっとの思いで、降参したが、「そうでしょー」の一言で一向に力を弱めてくれない。

次第に仕事終わりの漠然としたむしゃくしゃした気持ちが蘇ってきた。白旗をあげた私に、身体中の細胞達も一気に弱気になる。

「すみません。少しだけ力を弱めてもらえたりしますか?」さっきのじゃ伝わらなかったかな、ともう少し詳しく要望してみる。

ゴリゴリゴリ。「痛いのはわるいものがね、詰まってるからだよ、流したほうがいいね」

そ、そうなんだけど……！　心の中で行き場を失ったモヤモヤが目尻から耳へとツーッと流れ出した。

その頃には下から順に上っていたマッサージも鎖骨あたりまできていた。

「調子、わるいのね」全くの動揺も見せず、ティッシュで拭ってくれる。「わたしもね、大学生の時つかれちゃってね、しばらく引きこもってた」おばさまはマッサージを止めることなく、流れ続ける涙も押さえてくれていた。

多分激痛による涙も含まれているんだけど……。それでも弱まることのないコルギを受け続けていた。「でもね、必ずいつかげんきになるから、だいじょうぶ、だいじょうぶよ」流暢ではない言葉でゆっくりゆっくり丁寧に伝えてくれるおばさまに、堰を切ったように心が溢れて止まらなくなった。日々の良くない出来事が一緒に溶け落ちていった。

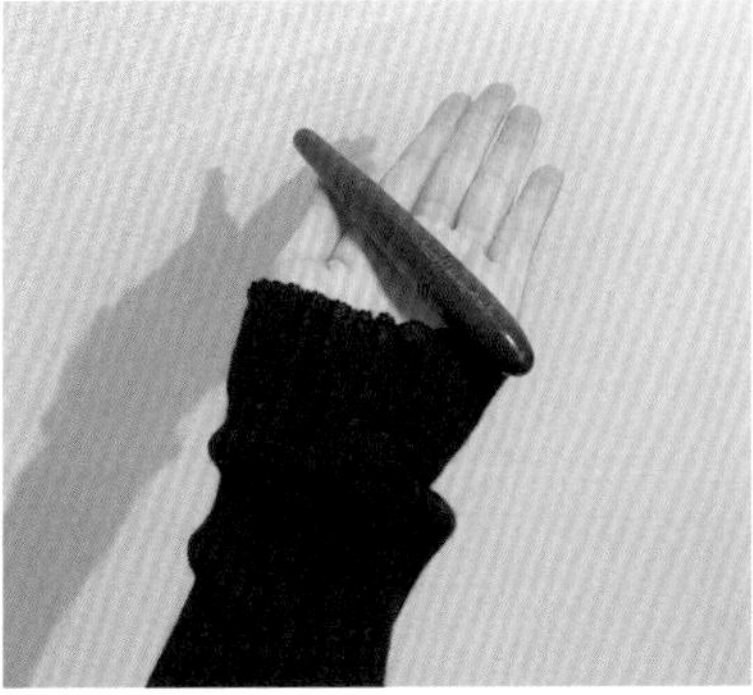

「これで終わりね」激痛ののち、起き上がると体が見違えるほどスッキリしていた。ありがとうございます。あまりの効果に驚いていると、「これで毎朝お腹マッサージすると、スッキリなるよ」と先程までの宿敵、えんじの小棒をくれた。毎日使っている商売道具なのでは⁉　と心配になり、申し訳ないのでと伝えると、「これ、いっぱいあるから」と持たせてくれた。

外に出ると、とても寒くて肩に力が入った。じんわり内側から熱を帯びたものが身体中を巡る。温かい人や言葉に思いがけず出会ったとき、いつも、ドラマみたいだなと思う。セリフみたいな言葉や善意に触れると、現実がこんなに優しい世界なはずがないと疑ってしまうから。

マッサージが痛すぎて苛立ってしまったなんて、誰にも知られたくないな。もらった棒をポケットの中で握りしめ、どんな時も人に優しくありたい、と心を結び直した。そして、優しい自分でいられる場所や人の中で、生きていたいとも思った。

ゴッド族の末裔

私は自転車をよく利用する。東京の複雑に入り組んだ電車の路線、直線距離だと近いのに渋々遠回りをするということが多い。運動にもなるし、満員電車も避けられるし、自転車って実は画期的な移動手段なのでは……と一年ほど前に購入した。

高校通学時も使っていたので、自転車移動には親しみがある。デビューは小学四年生の誕生日、少し遅めだが小学一年生で先に一輪車をマスターしていた私は、最初から難なく乗ることができた。

「お父さん、ちゃんと後ろ持ってるー？」「持ってるよ」「持ってないじゃん！」「乗れた乗れた!!」の、あれも経ずに一発目で「あ、いけそう。乗れた」だった。

そんな私が半年前くらいに、自転車で大きな怪我をした。

夏の暑い朝、畳んだ日傘を手に持ち、自転車で郵便局に向かっていた。ガガガガガ。人通りの少ない狭い道で急に変な音が聞こえた瞬間、私は前に投げ出されていた。そしてそのまま正座で着地。何が起こったのか分からずただ呆然としていると、遅れて左膝に激痛を感じた。

ようやく我に返り、膝を確認すると、血が直線にすねまで延びている。止めどなく流れ出していた。

何に向かってなのか、大きめのため息をつく。軽く砂利をはらい、体操座りで傷口の小石をちまちまと取り除いていると、見知らぬサラリーマンの方が横に立っていた。

「救急車呼ぶ？」

突然現れた優しさの神に驚きひれ伏す。「え、あ、大したことないので大丈夫です。すみませんありがとうございます」痛みより恥ずかしさが勝ってしまい、へらへらとお礼を言う。「わかった、おうちの人には連絡しなね」スマートな対応でゴッドは、足早に去っていった。顔にへらへらの残像を残したまま、さっきの言葉を反芻する。おうちの人、とは。もしかして中学生とかに見えたのだろうか。

突如現れた優しさのゴッド、颯爽と去る後ろ姿、そして置いていかれた言葉、膝の激痛、朝っぱらからずっこけている自分……。なんだかカオスな状況に、じわじわと面白さが込み上げる。無意識に声に出して笑っていた。日傘は前輪に巻

き込まれたようで、全体がぐにゃりと曲がり、再起不能な姿で少し離れたところに落ちていた。立ち上がって日傘を拾い、郵便局も諦めて、だらだら自転車を押しながら帰路に就いた。

帰宅後、自分で手当てしたところ、なんだか今日全体のやる気が失《う》せたので、もう一度布団に入ることにした。ずきんずきんと鳴る痛みでなかなか寝付けない。頻繁に転ぶので舐めていたが、これは尋常ではない気がする。起き上がって患部を見てみると、赤黒く内出血した膝が、ぷっくりと腫れ上がっていた。やばい気がする。どんどん痛みは増している。骨系って外科であってるよな、と自分の無知さに呆れながら、近くの外科に向かった。

病院はいつも混んでいる印象があったが、こぢんまりとした少し古めのその病院の待合室は、私以外に五歳くらいの男の子とその母親だけであった。

自転車で転びまして……。診察室にて、丁寧に経緯を説明する。念の為レントゲン撮ろうか、とレントゲン室に案内された。膝の痛みはピークに達しており、普段通りに歩けなくなってしまっている。ひんやりとした金属のベッドに横になり、遠隔のマイクで寝返りを指示されながら、様々な角度から撮影した。一旦待合室に戻ると、先程の親子がお会計をしているところだった。

「膝のお皿にヒビのような影が見えますね。これから膝は決して曲げてはいけません」先生の言葉を理解する間もなく、膝に添え木を当てられ、包帯でぐるぐる巻きにされていく。「正直この病院でははっきりとは分からないんですよね。紹介状を書くので大きい病院で、MRIを撮ってもらってください」

ありがとうございました、と診察室の扉を閉めると急に現実に引き戻された。まず、今日の午後からラジオの生放送が入っている。明日《あす》は朝から雑誌の撮影だ。MRIで無事を確認するまでこのギプスを外すことができない。思ったより大ごとになりそうだ。

足を引きずりながらマネージャーさんに電話をかけた。「もしもし。自転車で転びまして、今病院にいまして……」電話の向こうは至って冷静で、各所に確認してまた折り返す、と切られた。

各所ってどこまで報告されるのだろう。会計を済ませ、ひとまず家に帰る。

「今日のラジオ終わりで病院に行けるかもしれないので、そちらでもらった紹介状を持ってきてください」と連絡が入った。きっと既に、各所に迷惑をかけているんだろうな、と家の中でも居心地が悪くなった。

ラジオ現場に向かうと、待っていたマネージャーさんが明るく迎えてくれた。怒られるかもとビクビクしていた私は、すっかり気が緩み、朝から出会った優しいゴッドサラリーマンについて話した。へえへえ、と彼女は相槌を打ったあと、「で、紹介状は持ってきましたか?」と言った。

最悪だ、完全に忘れていた。ほんの数時間前に連絡が来ていたのに、家に置いてきてしまった。更に私は、落ち込んでいる素振りも見せず、嬉々として優しいゴッドサラリーマンについて話していたのだ。

しかしここでも彼女は冷静で、紹介状がなくても診てもらえるか電話してみます、と控え室を出て行った。ラジオ出演が終わると、「紹介状があってもなくても、診療時間に間に合わないみたいです」と言われた。この瞬間、明日の撮影をギプスで臨むことが決定した。『GINZA』はこれまで参加したことがなく、かつ大好きな雑誌だったので、とても撮影を楽しみにしていた。前日にこの有様だ。

私は項垂《うなだ》れながら帰宅した。

✴

迎えた撮影は、初めましてのスタッフの皆様にたくさん心配されながらも、なんとか無事に終了した。ギプスが目立たないような衣装を選んでもらい、片足が曲がらなくても自然にポージングできるシチュエーションで撮影してもらった。終始申し訳なかった。

正午過ぎには撮影が終わり、一人でそのまま紹介してもらった大きな病院に向かった。初めてのＭＲＩに緊張していたが、一定のリズムで聞こえてくる大きな音が眠気を誘う。快眠用のヒーリング音楽に似ているな。私は呑気に眠りについた。

検査後もまだ眠く、待合室でぼーっと壁の健康促進ポスターを眺めていると、近くのドアから、大学生になりたてくらいの青年とおばあちゃんが腕を組んで出てきた。おばあちゃんを支えてあげている優しそうな青年とおばあちゃんを目で追う。待合室に二人で座っている時も、青年はスマホも見ずずっとおばあちゃんと楽しげに話していた。

看護師さんが二人に話しかける。「入院の際のお部屋は個室と大部屋、どっちにしましょうか」

「寂しいから大部屋がいい」おばあちゃんが答え、大部屋に決まったようだ。その後、検査用らしいコップを受け取り、近くのトイレに二人でゆっくり向かう。おばあちゃんだけが中に入り、少し開けたままの扉から青年は肘から先を入れ、ずっと話しかけていた。狭いところで怖くないようにであろうか。青年の細やかな配慮に感激する。確実に、昨日の朝のゴッドサラリーマンの仲間だ。誰もみていないところで、こんなにも優しさを発揮する子がいるのか、と感動に浸る。

その後おばあちゃんは、一人で診察室に入っていった。一人になった青年に視線を残したままでいると、先程の看護師さんのもとに向かっている。

「おばあちゃん、さっきは大部屋がいいって言ってたんですけど、前回も大部屋にして、何度か癇癪をおこしてしまっていて。同部屋の皆さんにご迷惑をかけるかもしれないので個室がいいと思うのですが、おばあちゃんの希望も優先したくて……」と相談していた。なんという気配り。おばあちゃんがいなくなってからこっそり話すあたりも良い……。

「そうね、一応料金が変わってくるのでご家族の皆さんとも相談してみてください」そう言われ席に戻っていった。彼は確実にゴッドなのに、普通の顔をしてスマホを見ている。友達とLINEでもしているのだろうか。青年の友達諸君に青年がこんなにも優しいことを伝えてあげたい。

彼の動向にすっかり気を取られていると、私の診察結果が出たようだ。

「ヒビ入っていませんね、大丈夫ですよ」あっさりと先生は告げ、厳重に巻かれた包帯をするするとほどいていく。安堵と同時に、昨日今日でかけた迷惑を思い出し、無事でしたオチに恐怖を覚える。添え木をとってみると、全然普通に歩けた。あんなによたよた歩いて、その気になっていた自分に赤面する。

病院を出て、マネージャーさんに恐る恐る報告してみたが、ここでも冷静で一言二言交わし電話は切られた。ギプスの名残を感じながら、ゆっくり歩いて家に帰った。

ホリー先生

　蒸し暑い夜だ。冷房のスイッチを入れ、濡れた部分を二割ほど残したまま髪を乾かすのを放棄し、ベッドに倒れ込んだ。ただでさえドライヤーは億劫な作業なのに、これからの季節は最悪だ。今日も例のごとく、途中で乾かすのを諦《あきら》め、タオルを巻いて自然乾燥に切り替えた。

　やっと夜が来た。真っ暗な部屋の中で一日の出来事を思い出そうとしたが、全然浮かんでこない。何したっけ、最近は毎日こんな調子である。仕事が忙しすぎるわけでも、心の調子が悪いわけでもない。日々が止まったまままただ過ぎていくような、そんな感覚が続いている。

　ぽたっ、突然額に何かを感じた。気のせいか。ぼうっと天井を見上げ、勢いよ

く吹き出す冷えた風を浴びる。暫《しばら》くして今度は頬が濡れる。顔の真上に位置するエアコンから、水滴が落ちてきているようだった。雨が降ってきた、そう思った。起き上がっていちいち確認するのも面倒で、にわか雨みたいなものだしすぐ収まるだろうとそのまま布団を被《かぶ》る。

そうだ、今日は側道の剪定を見た。ジリジリと照り返す日差しをものともせず、おじさん方が作業していた。好き勝手に伸び切った四方八方に広がる草木を、一人のおじさんがチェーンソーで黙々と整えている。後ろでは切り落とされた草木を三人がかりで掃いて集めている。おじさんは刃を一心不乱に振り回し、どんどん進んでいく。あまりに美しく、しばらく眺めていた。それが今日のハイライトである。

✸

最近気に入っている世界の絶景動画をスマホで開く。砂漠をのっしのっしと歩くカピカピの野生の象。真っ赤な夕焼けをバックに広がる氷の山脈、草原に散らばる何も考えてなさそうな羊たち。現実にこんなところがあるんだ、手の中でスイスイといろんな国へ旅をする。生きているうちに全部周りたい。

今できることといえば、いつかのために英語を習得し備えておくことくらいか。思い立ったそのままの勢いで、オンライン英会話について調べる。深夜一時、布団の中、速攻で登録・支払いを完了させた。今の時代は本当に便利なもので、個別の英会話レッスンを今日の今日で受けることができるらしい。利用時間も三十分ごとに区切られていて、簡単でわかりやすい仕組みに感激していた。さらっと見ただけでもさまざまな国籍の先生が何十人といるようだ。

明日の十六時くらいがいいな。空いている先生を探していく。ふと、一覧ページの先生の名前の下にそれぞれ星がついていることを発見した。〝星4・52〟などと二〇〇〇件を超える口コミから細かく算出されている。思ったより大規模だ。海外の先生達が、日本から二〇〇〇もの監視の目を向けられているような気がして、レッスンを受ける前からひどく気の毒になった。

内容も気になったので口コミ先に飛んでみる。基本的にほとんど星5なのだが、人間（私に限ってだけかも）不思議なもので、ごく少数でも悪い意見が目についてしまう。「聞いている時につまらなそうでした」「少し眠そうでした」そんな、理不尽な……。教えている英語間違ってました、とかではない個人の曖昧な感想である。同時に先生方が悪い口コミを翻訳して読んでいる様子を想像すると少し落ち込んだ。オンラインだから、現地は就寝時間だったのかもだし、真顔がつまらなそうに見える方もいるだろうし。

私は時間的にも雰囲気的にも合いそうな、イギリス人のホリー先生を予約した。気づけば布団の中で汗ばんでいて、思わず頭を出す。すかさず、頭上から雨が降ってきてげんなりしたが、そのまま眠りについた。

次の日、そわそわしながらノートやペンを揃え、パソコン前で待機する。「レッスン開始まで　08：14」と一秒ずつ減っていくカウントダウンが映っていた。ちょうど最近、そんな脱出殺し合いゲームの映画を観たばかりだ。どんどん減っていくデジタルの数字に必要以上に怯える。そもそも、いきなり海の向こうの人と初めましてで三十分話すのだ。友達と友達の友達と食事をすることになり、友達が遅刻したとする。初対面の友達の友達と三十分つぶすことができるのか。私は間違いなくNOだ。多分トイレに避難するか、仕事の電話してきてもいいですか、などと逃げを選択するだろう。初対面の一対一が一番怖い。心の準備ができないままカウントダウンは進み、0：00になった。

時間ぴったりに入室ボタンを押す。しかし、入室してからカメラや音声を調節する仕組みだったらしく、初回の私は一から設定を始める。どんどんレッスン時間は過ぎていき、汗汗しながら設定を終えた。二分過ぎていた。

長いブロンドヘアのホリー先生が大画面に映る。とても広い部屋で、奥の大きなガラスの窓からは、ぽかぽかとした陽気と風に揺られる洗濯物が見えていた。「Hi!」にこやかで優しそうだ。「は、Hi!」私も挨拶をする。この英会話レッススンが初めてであることと、設定で二分も遅れてしまい申し訳なかったことを伝えたかったのだが説明できず、「Sorry, sorry.」とだけ口にし、まずはお互いの自己紹介が始まった。

ホリーは易しい英語を使ってくれていて、話していることはおおよそ理解できた。イギリス出身で今はインドネシア・バリに住んでいること、普段は英語の他にヨガの先生をしているとのことだった。感想の言葉がうまく出てこず、ひたすら笑顔で頷くことしかできない。私の番。張り切って話し始めたものの、小学生の教科書に載ってそうな定型文をかましてしまう。「uh-huh.」と言いながら、ホリーが「Neru, 今はなんの仕事をしているの?」と尋ねた。私の仕事。正直今の自分が何にカテゴライズされるのか自分でもわかっておらず、日本語でもうまく言うことができない。英語でなんぞ尚更《なおさら》厳しい。早々に諦め、いつも美容室で使っている得意の作戦を決行する。やってみたい仕事を、さも自分が就いているかのように話すのである。

「本屋で働いています」

あなたは会社の中でどんな仕事をしているの?　ホリーに深掘りされる。間違った、書店員として働いていると伝えるはずが、本のための会社で働いていることになっている。軌道修正だ。私は本の小売業者で働いていることにしよう。bookstoresに本を卸すってどう言うんだ？　厳しい……。「I work in a bookstore.」シンプルイズザベスト。軌道修正を試みる。さすがにホリーに伝わったみたいだ。

相手に伝えるために、自分の職業をコロコロ変えるのは暴挙すぎる気もしたが、初回ですし、このままゴーゴーである。

次にテキストを選ぶ。様々な教材があり、最近のニュースを読んでdiscussionしたり、grammarを徹底的に勉強したり、日常のconversationを練習するコースなどがあった（ルー語！笑）。世界の時事問題についての教材が一番人気らしいのだが、急に社会問題について話せる自信がなく、日常会話コースを選んだ。レベル三『What is your favorite animal?』ホリーにこのテーマを選んだことを伝え、レッスンが開始された。動物の写真を見て名前を言ったり、会話文を交互に読んだり、あたふたしているうちに三十分はあっという間に終了した。

「Bye.」とさらっとお別れしたことになんだか寂しさを感じながら、レッスンページをいじっていると、画面上に私たちの顔とテキストだけでなく、チャットページや辞書ページが存在していたことに気づいた。会話しながら、〝bookstoresに本を卸す〟も調べられたのか。なんて優良サービス！と感動しながら、きっともっとコミュニケーションが取れたはずだとホリーを恋しく思った。

チャットページを開くと、ホリーは私が話した拙い文章を正しい文章に直し、随時丁寧に送ってくれていた。「I work in an office for a company that publishes children's books.」ホリーには私の職業はこう伝わっていたらしい。完璧だ。まさに私の理想の職業……。うっ、ホリー……。上京する際、鞄にそっと忍ばされていた母からの手紙に電車の中で気づいた時のような。もういないホリーに想いを馳せながら、私の初授業は幕を閉じた。

次の日、また予約をするためにページを開くと、ホリーから更に二十行ほどびっしりと書かれた授業後のコメントが届いていた。「Hi! Neru!」から始まる文章には、授業のおさらいと感想、Netflixなどの映画を観たりするだけでも英語は上達するよというアドバイス、さらには新井《あらい》リオさんという方の英語勉強法の紹介が載っていた。ホリーの日本人生徒の中にも新井さんの方法を実行している方が何人もいて、とても上達の手助けになっているのでおすすめよん！　と書かれていた。

　ホリーの丁寧な優しさを身に染み渡らせながら、早速新井リオさんを調べようとベッドに倒れ込む。エアコンからはまだなお雨が降っていた。英語習得より先にこっちの修理かなあ、ぼんやりと思いながら布団を被《かぶ》った。

今いる世界から離れて

以前私のSNSに、この連載で私を知ったという方から応援コメントが届いた。文章だけで自分に興味を持ってもらえたことがなんだか信じられず、驚き嬉しかったことを覚えている。こうやって部屋の片隅でカタカタ書いている文章が、会ったことのない何処かの誰かに届いているなんて……。あなたはこの文章をどこで読んでくれているのでしょう。何千年前の星の光が今私たちに届いているみたいな。それに近いロマンティックさを感じる。最近読んだ『チ。―地球の運動について―』という漫画でこんなセリフがあった。「文字は、まるで奇跡ですよ。」「アレが使えると、時間と場所を超越できる。」もうこの世にいない誰かの話で涙したり、会ったこともない誰かの話で笑うことがある。今いる閉じ込められた世界から抜け出すことができる――（大意）。興奮気味に語る台詞はそう続いていた。あまりの感動と共感に、じっくりその部分を読み返した。無粋な喩えだが、この台詞に共感を表すいいねボタンがあったら百回ほど連打していただろう。

改めて文字を書くこと、それがこんなふうに紙に載って誰かに届くこと。本当に奇跡なのかもしれない。このエッセイも生半可に取り組んではならぬ、と気を引き締め直すことができた。誰かに届く言葉を書きたい。


めちゃくちゃにドストライクな音楽を聴いた時、今後の人生に抱えていきたいほどの最高な映画に出会った時、言い表し難いのだが、私は暫《しばら》くその世界と現実の狭間を彷徨った後、少し落ち込む。その才能に打ちのめされて、というのとは違う。私にとって素晴らしいものたちには重量があって、行き場をなくした心がその余韻を纏いながら、身体と一緒にじんわり沈んでいく感じがするのだ。

憧れの人の作品を目の当たりにした日、私は日記としてSNSに残そうと思った。「どうやっても近づけないな、と憧れの人を見ながら打ちひしがれる今日です。羨ましいで止まらず、自分は何ができるんだ〜って進むしかないのかな。」と独り言のような宣言のようなキャプションを書いた。いつも通り、投稿前に読み直し、念入りに確認をする。待て、この文章、読んでいる人に向けて発言しているると受け取られたら、説教くさく感じるな。危ない危ない。思い留《とど》まり、文章の最後に「未完成も楽しみながら〜！」と追加した。これを読んだ誰かをうっかり傷つけるのを避けるためだ。しかし、ポエムっぽくてキザな感じがしたので、追加した文を削除した。「そんな我々もまあいいか」と付け加えてみたが、私なんかがみんなを代表して〝まあいいか〟というのもおかしいし、そもそもみんなって誰のことだ。何が言いたいのかわからなくなっている。

そもそも何かを伝えたい文章じゃないのだ。自分が見返す用のただの日記であるはずだ。それならばSNSに書く必要ないのでは……。キャプションを全て削除して無作為に絵文字を一つ打ち込み、投稿した。こうして良いのか悪いのか、当たり障りのないアカウントになっていくのだ。最近は、この無作為絵文字でさえ、憶測を生んでしまいそうで、選べなくなってきてしまっているのだけれど。

✸

私の世代は生まれたときからデジタル機器に対して珍しさも何もない、所謂デジタルネイティブにあたる。私は小学生の頃から家のパソコンを使っていたので、どちらかというと、そういうデジタルなものが好きだった。

小六になると、学校のパソコンクラブに入った。五・六時間目、総合の授業を

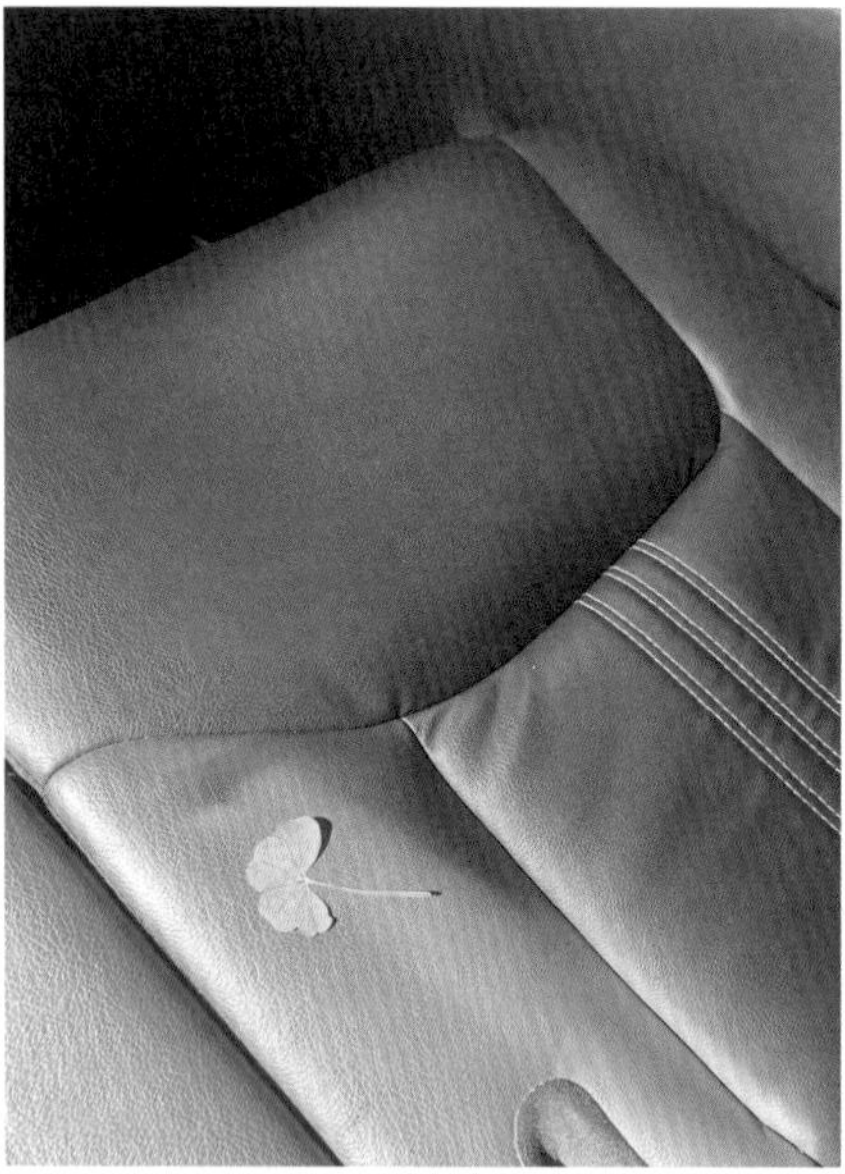

利用してクラブ活動をするのだが、友人らはこぞって一輪車クラブや家庭科クラブに入っていた。そんな人の流れには目もくれず、当時タイピングやソリティア、マインスイーパーに大ハマりしていた私は、空調が効いたパソコン室で一年間ゲームして授業潰せるなんて最高じゃん、と誰にも相談せずパソコンクラブを選択した。同級生は誰もいなかった。九十人ほどいる学年生徒の中で当クラブを選んだのは私一人だったのだ。

今ほど学校側のフィルタリングが厳しくなく、私の予想通りやりたい放題できた。そしてその一年間、総合の時間は誰とも話さず、ゲームをしたりYouTubeを見たり掲示板で友達を作ったり、満喫しきったのだった。

秋頃には卒業アルバム撮影があった。地域の写真館のおじさんが唯一のパソコン部の私を見て勝手に悟ったのだろう（私自身は何も恥ずかしくないし、気まずくないのに）。五年生のみんな〜と呼びかけ、私だけ下級生と写ることになった。よそよそしく私のまわりだけ半円の空間ができた写真がアルバムに載っている。

掲示板で仲良くなった福岡の女の子と文通したりもした。どうやって住所交換をしたのかさっぱり忘れてしまったが、「福岡住みのあんな」という情報だけ覚えている。そういう文通友達が確かもう一人いた。二人とも当時流行っていたギャル文字を使っていたので、多分本当に同年代の子だったと思う。見ず知らずの誰かとこんなふうに友達になれるのか！　今いる場所以外にも広い世界がある。漠然と希望を感じたきっかけでもあった。

あの頃よりもインターネットやＳＮＳが普及した今、危なっかしい使い方を目にすることも多い。大丈夫かいと老婆心で心配するものの、それが今じゃ普通なのかと観念したりもする。ＳＮＳ上での発言はある意味全世界に向けてなのだから、もろもろ自重すべしという意見も、勝手に呟いてるんだから通り魔のように無差別に突っかかってくる方が失礼という意見もどちらもわかる。だからこそ付き合い方に混乱している。どことなく辟易し疲れ切っている人が多い風潮も感じる。そもそも何が正解かわからない。

先日こんなこともあった。毎週レギュラーでラジオに出演しているのだが、その日のトークテーマが「あなたの理想のキスは？」というものだった。リスナーさんの熱烈でちょっと奇天烈《きてれつ》なお便りに盛り上がった。私はラジオは聴いている人との距離が近く、ある種治外法権が適用されるクローズドな空間だと思っている。それがリスナーとも共通認識できている感じも好きだ。

そのトークテーマに私は「デート帰りに、外でバックハグで引き止められてからの振り向かせられキスに憧れますね」と少女漫画によくあるベタなシチュエーションを話した。実際本当に憧れてるし。そして「もし週刊誌に撮られてもこのラジオのリスナーさんは、ああ理想が叶ったんだなと思ってもらえると!」と付け加えた。ラジオの向こう側の友人のようなリスナーさんたちにふふっと笑ってもらえたら、それだけで良かった。

しかしその後、ラジオの会話の切り取りがネットニュースにまとめられていた。〝路チュー宣言〟〝週刊誌に喧嘩を売っている〟というふうな言葉たちを目にした。

面倒くさいな、そういうことじゃないんだけどな。私の心の訴えも虚《むな》しく、一度ネットの大海原に出発し、歪曲した言葉たちの航海は止めることができない。

そりゃそうか、あんなこと話したから仕方ないか。想定はできたし、嫌なら私も言わなければ良かった訳だしな。半ば諦めた気持ちで反省した。だけど、ラジオくらい勘弁してくだせぇよ、とちょっぴり思った。路チューって言葉もなんだか下品で嫌だし、そもそも路チューの何が悪い！　とも思った。駅の柱に隠れてベタベタしているカップルを見ることがあるが、私は別に迷惑とは思わない。
兎《と》にも角にも、このエッセイの場所が自分にとって大切な救いの場であるということだ。思ったことをありのままにさらけ出せる安住の地だ。読もうとして読んでくれる人たちには、変なところを切り取られて意図しないことが拡散されることもないしね。

皆さん、デジタルの海に疲れたら、一緒に本や活字の世界に逃げましょうか。ひっそり充電してまた戻って。戻らなくてそのままこの世界に引きこもってもいいですね。私もそんな感じです。

谷底の樹海

以前、富士山の麓でサイクリングをした。完全にインドア派の私だが、ガイドさんと共に電動マウンテンバイクで森を探検するツアーという事前情報に、何やら気持ちよさそう！　と呑気なピクニック気分で友人と参加した。

集合場所に待っていたガイドさんは、髭が生えた、小麦肌の四十歳くらいの男性。坂口憲二さんに似ていた。第一声のこんにちは〜、のみで、不思議と優しさを感じさせる人当たりのいい方だった。今日は楽しい一日になりそう、そう確信させる雰囲気があった。この先はよりイメージが湧くようにそのガイドさんを髭《ひげ》口《ぐち》さんと呼ぶことにする。

髭口さんは挨拶もそこそこに、ミニクーパーに積まれていたマウンテンバイクを軽々とおろし、太いタイヤを装着していく。初めて目の当たりにするゴツゴツしたタイヤに私は胸が高鳴った。サドルの高さをそれぞれ合わせたのち、「まずは電動自転車で走る感覚に慣れてください」と我々は自転車を受け取った。

私達ツアー参加者は空き地をぐるぐる回って試走する。自転車は日頃から乗っているので、もちろん電動だろうがマウンテンバイクだろうが、乗りこなすのは余裕だった。

「五分もすれば、前を向いたままギアを変えられるようになりますよー！」髭口さんの声が後ろの方で聞こえた。無駄に何度もギアをガチャガチャ変えて確認し、早々にマウンテンバイクツアーが始まった。

一分ほど舗装された公道を走ったのち、すぐに森に入った。下もゴツゴツした砂利道になっていく。ハクが千尋を連れて花畑の間をぐんぐん進んでいくシーンのような、くるくると変わる景色に目が離せなくなっていた。走り出してから五分も経たないところで、「はーいここで一旦止まります」と髭口さんが自転車を止めた。

まだそんなに喉は渇いていないが、雰囲気にのまれ、水分補給をしながら話を聞く。

「この道路を挟んで右側と左側で何が違うでしょう」言われるがまま見比べると、明らかに色が違う。極端に言うと、右が白で左が黒だ。あるいは、光と影。現実世界と異界、それくらい違う。

「左の方が樹海になります」樹海……。一度入ったら二度と出られなくなる、おどろおどろしいイメージがぼんやり浮かぶ。

「そもそも樹海ってなんのことだかわかりますか？　樹海はマグマの上に出来た森なんです。この辺は千百年前の噴火のマグマから出来てます。溶岩となって土の下に埋まってるので、木達が根を張れず、せいぜい二十、三十年で倒れちゃうんです。本当は樹齢千年超えをした木があってもおかしくないけれど、一定の大きさになると倒れてしまう為、樹海の木達は高さが揃っています。だから光が入りにくく、暗く迷ってしまうと言われているんです」

行きがけに見た景色を思い出す。山肌が凹凸なくつるんとしていて、丘みたいで不思議に感じていたのだ。あれは樹海だったんだ。説明と目の前の光景がリンクし、さっきまでピンときていなかった樹海が一気に違って見えた。その後も私達は髭口さんの言葉によって、どんどんこの森に魅了されていった。途中、鹿の群れや珍しい鳥、馬に出会ったり、道端の山椒の葉っぱをそのまま食べたりした。幼少期、こうして山の中で焚き火用の枯れた木を拾いに、無我夢中で森を探検していた記憶が蘇り、一人追憶に浸る。

泥道や岩道、生い茂った草道など、険しい道が続いたが、都度丁寧に髭口さんが「ここ泥道なんで右側走ってくださいー！」「岩すごいんで左側走ってくださいー！」と声をかけてくれ、その言葉に必死についていった。

✸

『借金の解決は必ず出来ます！　私達も助かりました』ポツンと現れた茶色い看板に目を引かれ、自転車を止める。気づかない間に樹海の中に入っていたようだ。「こういう看板はインチキなものも混ざっているんですよ」髭口さんによると、樹海に来る方に向けて詐欺目的で立てられている違法の看板がいくつかあるらしい。ここに来てまで人を騙そうとするなんて。愕然とした。

道を進むとまた看板に出くわした。

『命は親から頂いた大切なもの　もう一度静かに両親や兄弟、子供のことを考えてみましょう』急にそれらしい言葉を目の当たりにしハッとする。一人、ここまで歩いてきて、この看板を見た時にどんなことを思うのだろうか。

〃もう一度静かに〃という一言も気になる。ここの空間はすでに十分すぎるほ

ど静かである。

「ここ、十分静かですよね」小さな小鳥の囀りに混ざって、誰かがぽつりと言った。全くおんなじことを思っていたらしい。「可笑しい〜」髭口さんが、ツアー当初から実は気になっていた口癖〝可笑しい〟を連発し笑った。その看板に後ろ髪引かれながらも、私達一行は山頂を目指し、自転車を進めた。


ハードな坂道を汗だくで漕いでいると、開けた高原に到着した。奥の方に小さな展望デッキが広がっている。

「お疲れ様でした。到着です」ゴールの山頂だ。ヘルメットを外すと、冷たい風が髪と頭皮の間を通り抜ける。伸びをしながらデッキの端に歩いていくと、眼下には広大な谷底に果てしなく続く樹海があった。それはそれは、もう、言葉に出来ないほどの感動。息を呑み、初めて見る光景に釘付けになった。樹海の文字通り、滑らかな海の水面に見えた。どこか神聖な重厚感も感じた。

そもそも、意表をつきすぎである。このツアーのサイトの紹介ページのどこにもこの景色の写真は載ってなかった。富士山をバックにゆるりと誰かが自転車に乗っている写真ばかりである。こんな素晴らしい光景が待っていたなんて。富士山麓《さんろく》ツアーじゃなくて〝樹海見下ろせるツアー〟〝日本の絶景ツアー〟などもっと大きく出た方がいい。時間を忘れ、澄んだ空気をたっぷりと吸い込みながら、しばらくぼんやり眺めた。ふと振り返ると髭口さんが何やらこっそり作業をしている。よく見るとランチョンマットを広げているようで、その可愛らしい姿に、気付かないふりをした。

「こっちにきてください」髭口さんに呼びかけられ行ってみると、机の上に二種類のチョコとキンキンに冷えたお茶を用意してくれていた。手ぶらの私達に対し、何やら重そうなリュックだなと思っていたのだが、これを運んでくれていたのか。あの30°はあろう傾斜の岩道やビシャビシャの泥道を、黙々と……！

チョコの甘さにのってその優しさが身体中に染み渡った。

それから、ぽつぽつとお互いの話をし始めた。髭口さんはここ山梨で生まれ育ち、一度神奈川で就職したが、都会にやられて帰ってきたと言った。

「いや～、都会は合わなかったっすね～」どうか髭口さんのような方が傷つかない、優しい世界でありますように。そう願いながら、相槌を打った。

冬はまた違う顔で楽しぃんですよ。と言う髭口さんの言葉にワクワクしながら山を下った。

　出発地点に戻ってきたところ、帰りやすい場所まで送ってくれると言う髭口さんの言葉に甘え、途中まで車で送ってもらうことにした。満腹の心に、じんわりと自然のパワーを纏いながら、車中で今日の出来事を話し続けた。「可笑しい〜」と相変わらずお茶目な相槌を打ってくれる髭口さんに、さらに嬉しくなった。

　すっかり電動マウンテンバイク

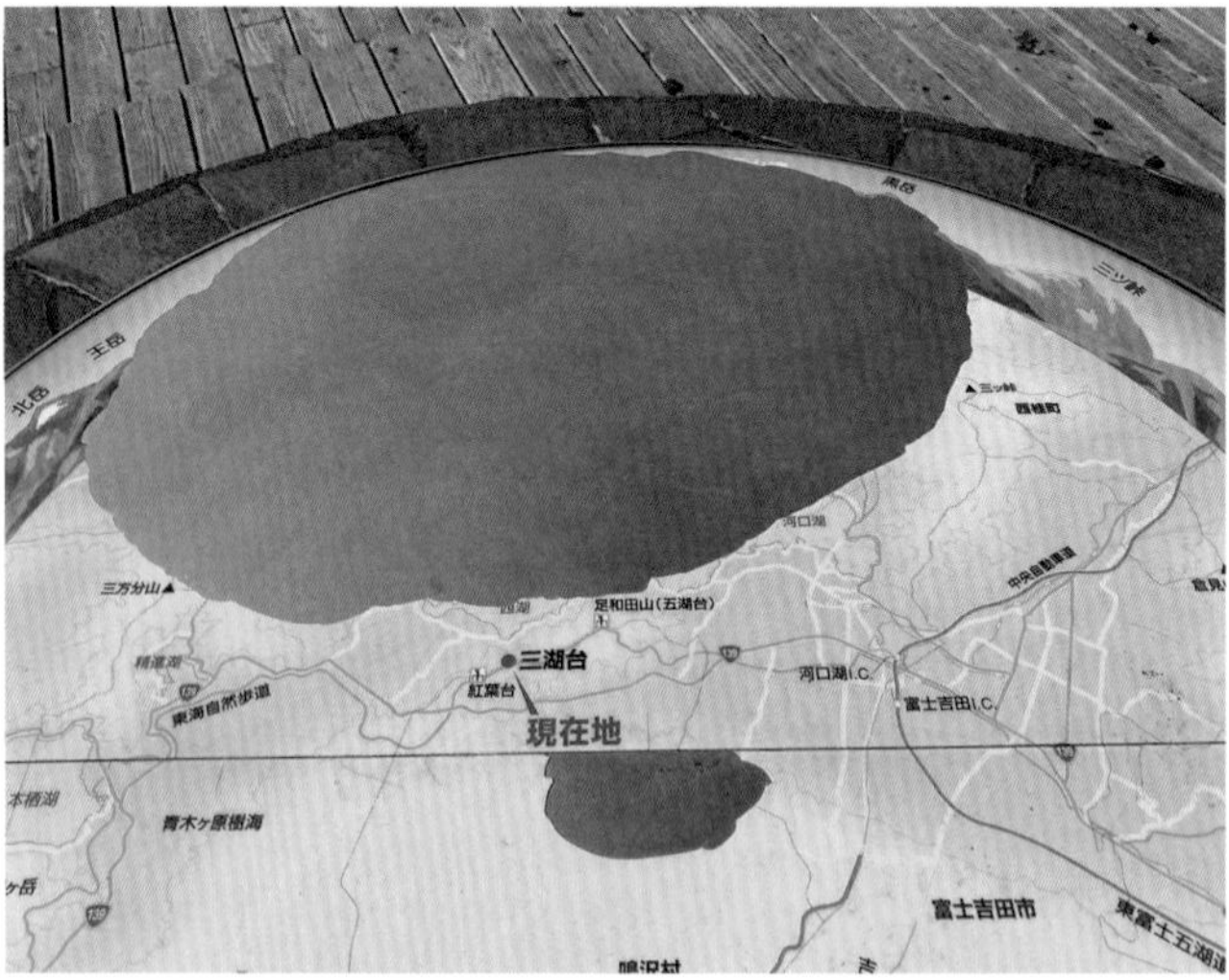

の魅力に取り憑かれていた私は、ロードバイクとの違いについて色々聞いてみた。でも電動じゃないとやっぱり今日みたいな道は無理だしな、と言うと、「僕、今日アシスト切ってました」と髭口さんがさらっと告白した。ほえ？　あの凄まじい山道を大きなリュックを背負って、軽々とアシストなしで登っていた？　次第に理解が追いつくと、超人すぎるエピソードに我々は爆笑した。私が聞かなければ最後までその事実を黙っていたままだったのだろうか。髭口さんの方がよっぽどおかしい。

窓越しに、ビーグル犬と散歩しているおばあちゃんと目が合う。眺めていると、髭口さんも気づいたのだろう。僕もビーグルに似た犬を飼ってたんですよ、と教えてくれた。名前はミー姐《ねえ》さんというらしい。ミー姐さん……。ぼんやり反芻しながら、ふわふわと心地よい眠気に身を委《ゆだ》ねていた。こんな時間がずっと続くといいなと思った。髭口さんの後ろ姿を見ながら、少しだけ未来のことを考えたりしていた。

かっこ悪いエッセイ

日々、漠然と淋しさを感じて過ごしているのだが、ここ最近それが顕著だ。仕事に不満があるのではない。人間関係に悩んでいるわけでもない。そもそもプライベートで人とそんなに関わっていないし。何にモヤモヤしているのか、首を捻《ひね》りながら、釈然としない毎日を過ごしている。

先月二十三歳になった。誕生日やクリスマスなど、イベントごとはしっかりワクワクするたちで、自分の誕生日となれば尚更《なおさら》のことだ。

前日の夜は、何の予定もないのに一人ソワソワし、いつもは後回しにするお風呂も、早めに入って髪まで乾かしておいた。ここまでで二十三時半。いよいよ、我誕生日也《なり》。落ち着かずテレビをひたすらザッピングする。不意に映ったドラマで、総理大臣が死んでいた。妙に目を奪われる。どうやらミステリーものらしい。

ミステリーものは大好きだ。ついつい見入ってしまっていたようで、日付が変わる瞬間を見逃してしまった。

念の為すぐにＬＩＮＥを開いたが誰からもきていない。少し寂しくなる。

いや、待て、思い返してみるのだ。私は今までの人生で、日付が変わるぴったりに友達にお祝いメールを送ったことがあるか？　そんなマメなタイプではない。自分がしていないことをされたいなんて思うんじゃないよ。心の落とし所を見つけ、少し息を吐く。

０時07分。少し待ってみたが誰からも連絡が来ないことを確認すると、消灯し布団をかぶった。おやすみなさい。明日の仕事は朝五時集合だし、眠らなきゃいけない。あまり眠気が来ないまま目を瞑ってぼんやりしていると、ピコン、通知音が鳴った。胸が高鳴る。携帯を手に取り画面を開くと、あまりの眩しさに一瞬目がくらんだ。

父から『おめでとうーーー！』と、絵文字に溢れたはしゃいだＬＩＮＥが届いていた。優しい父に嬉しくなって、ちょっとだけホームシックになって、それから泣いた。

一回、蛇口を捻るとどうにも止められなくなった。このまま泣き続けると確実に目が腫れてしまう。明日の仕事に支障をきたしてはだめだ、そこはやけに冷静で、布団から体を起こした。涙が顔を伝わないように、真下を向いて、ぼたぼたと布団に落とし続ける。これが一番腫れが少ない方法だと知っている。

なんでこんなに悲しいんだろう、心細いんだろう。訳もわからぬまま、久しぶりにわんわん泣いた。溜まっていたなにかも、いっしょに落ちていってくれたらいい。そう祈っていた。

ひとしきり泣くと、保冷剤で瞼を冷やすためにキッチンに向かう。誕生日メールが届かないから寂しくなるなんて、いい加減にしてほしい。どれだけ人に依存しているのだろうか。いつも、人といると疲れるからって一人でいることを選ぶくせに、やっぱり、人に期待しているんだろう。こんな時でも明日のことを考えて、目を冷やしている自分に嫌気がさした。

その後、真っ暗な部屋でベッドにまた横たわりエゴサをした。そこには、インターネットに乗せてお祝いの言葉を届けてくれる人たちが存在した。「六年前に

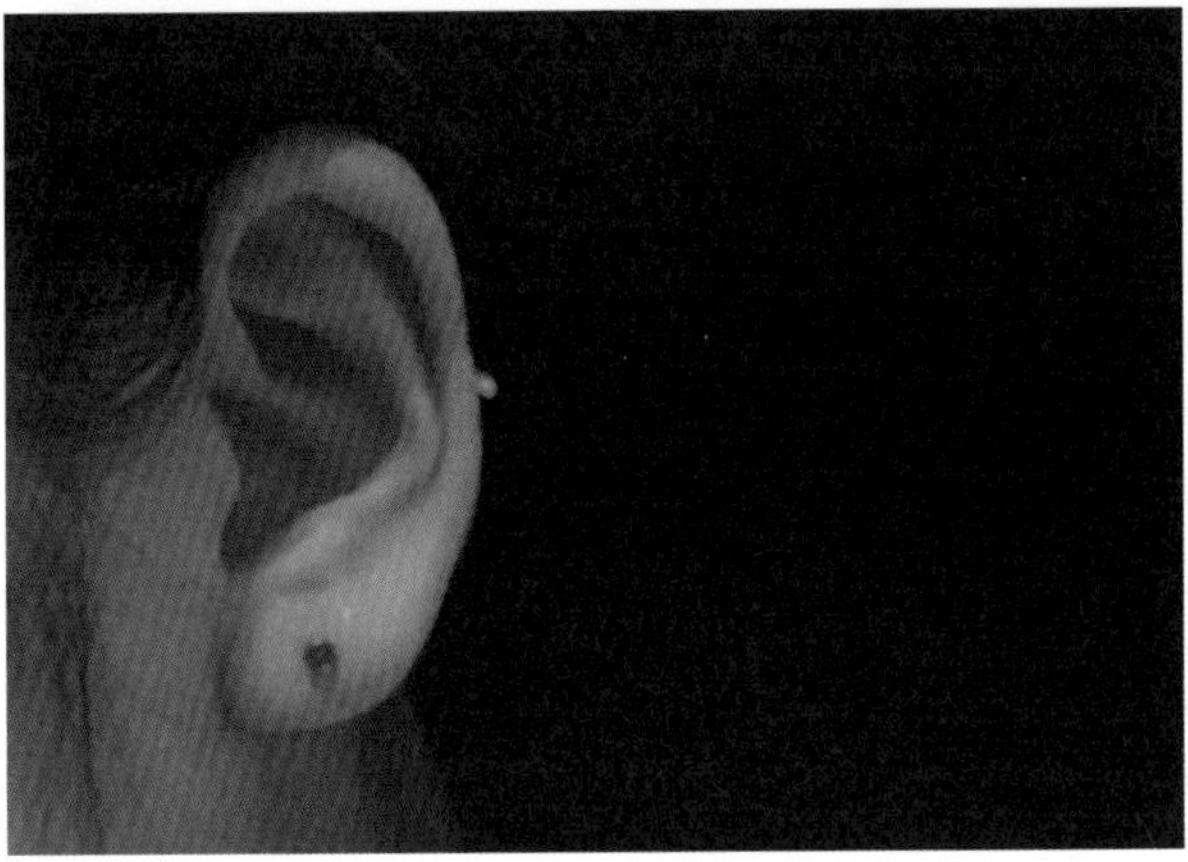

出会っていなかったら、今頃生きていたのかなって思うくらい、当時の私の心の支えになっていました」熱を持った言葉たちが心に飛び込んでくる。私こそだよ。私こそ救われているのに。名前も顔もわからない誰かの言葉で、この夜を越えることができた。

ろくに眠れぬまま、朝からラジオの生放送に向かった。早朝から、スタッフの皆さんがオンエアでバースデーソングばかり流してくれたり、リスナーの方からお祝いメールを頂いたり、これ以上ない祝福を受けた。その後の現場でも、いろんな場所でいろんな方に、おめでとうと言って頂けた。とてもとても嬉しかった。祝われたいとかじゃ多分ない。主役感を味わいたいわけでもない。私という存在を認識されたような、肯定されたような、そんな気持ちだ。周りにはこんなにも人がいるんだ、と。

✸

二〇一九年、二十歳の時に私はアイドルを辞めた。その時は、表にたつ仕事を完全にやめようと思っていた。正直心がヘトヘトにくしゃくしゃになっていたし、息抜きの仕方がわからず、周りの人全員を疑い、同時に自分のことも信じられなくなっていた。

芸能界引退と言いたい。潔く去る美学。なんとなくそんな感覚を持っていた。しかしその時、事務所の方が「引退なんて言わなくていい。やりたいことができたときに自分の首を絞めることになる」そう言って、会社に在籍し続けさせてくれていた。

その後、少し時間が経ちメディアに出るお仕事を改めてお受けするようになった。それから一年が過ぎ、自分の考えも少しずつ変わっている。

無知でまっさらの状態の時からお世話をしてくれている事務所に何か返したい

という思いが芽生え、最近の原動力の一つになっている。あとは、仕事だから、と割り切れることが増えた。

同時に仕事ってなんだっけ、ともしばしば考える。

そもそも、人類の始まりを想像すると（急に壮大……！）労働とは皆が生き抜くために、各々に課せられた役割なんじゃないか。必要な活動をそれぞれで分担することで、生き延びてきたんじゃないか。

それならば、自分の好きなことをしている私は、何の役に立っているのだろう。

正直、今の自分の肩書きがわからない。タレントと紹介されることが主だが、かといってバラエティで活躍されている器用で芸達者な方々とは違うし、看板となるような代表作があるわけでもない。何か結果を形として示さなければ、と不安に付き纏われている。やりたいことがあるからこそ、着手できていない自分に焦っている。

長濱ねるは一体何がしたいんだろう、と側から見たら歯切れ悪く見えているかもしれない。実際自分でもわかっていない。

文化人になりたいんじゃないの？　と仕事でご一緒した方に言われたこともある。そうじゃないんです。正直私にとっては、カテゴライズとかわからないです。ただ自分が生き延びるために、目の前の選択と向き合ってきた結果の今なんです。と心の中で弁明した。

自分の人生は自分しか面倒見られないとわかっていても、誰にどう言われてもいい、なんて強い心は持てない。何より、応援してくれる人に救われているから、その方たちが喜んでくれるほうを選んでいきたい。

どうやったら人のために生きられるのだろう。

あるドラマの気に入っているセリフがある。思春期の娘が母に対して「時々愛されてないかもって思うんだ」と呟く。それに対し母は、あっけらかんとこう言い放つのだ。

「それは求めすぎじゃない？」

私はこの言葉をことあるごとに思い出す。人に期待し過ぎないように、自分に期待し過ぎないように。

それから、私は〃無理せず〃〃できる範囲で〃という言葉を人に対して使うことが多い。たった一人でもいいから、誰かの肩の力が抜けてくれたらいい。そう言葉を選んで発信してきた。正直、自分に言い聞かせている部分もあるのだが。

一方で、最近こんなメッセージが届いた。「ねるさんの辛かった経験があるからこその無理せず、という言葉選びだと思いますが、たまには精一杯頑張ろうや、挑戦してみよう。という言葉も大切にしてほしいです」

やけに納得した。寄り添うだけじゃなく、元気を渡すことが自分の役割なのかもしれない。

この世界には、至る所に刃《やいば》のような言葉が溢れかえっている。自分に向けられてなくても、貰い事故をすることもある。匿名の世界で、得体の知れないものが大きな力を持って、攻撃しているようにも感じてしまう。しかし、確実に我々は人対人なのだ。一つ一つに凹《へこ》んだり、傷ついたり、だけど不意に救われたりもする。

私たちは心を持った人間同士だということを忘れないでいたい。

いつの間にか、宣言のような釈明のような、かっこ悪いエッセイになってしまった。色々飛躍しすぎだし。

それに、私はそんなに辛《つら》い日々を過ごしてきていないはずだ。辛かったんだね……と同情を誘うような気持ち悪い文章になっている気がする。ひとまずまあ、それなりに二十三歳も楽しんでいこうと思います。この先もずっと、淋しさは薄ーく残り続けるんだろうな。それもそれで向き合っていくしかなさそうです。

おばあ in TOKYO

十一月のある日、仕事に向かう車中で思い出した。

そういえば、おばあちゃん、死ぬまでに歌舞伎《かぶき》が観たいって言ってたな。そしたらお姉ちゃんが「初任給が出たら連れて行くね！」と話していて……。

あれは七、八年前の会話だろうか。何の脈絡もなく、昔の記憶が降ってきた。すっかり忘れていたが、歌舞伎は観に行けたのだろうか。今年八十一歳、実に健康だが、あらゆる希望は早めに叶えておくに越したことはない。歌舞伎にまだ行けていないとして、連れて行くとしたら歌舞伎座だろうかと浅い知識を振り絞った。とりあえず、確認してみよう。私は祖母に電話をかけた。

「もしもし、ねるです」「あら、ねるちゃん、おはよう」「おばあ、今何してた？」「冬の七草を思い出してたよ。ねるちゃん言える？」いつもの暇電と思ったのだろう。
「あっ待ってね。今から仕事に行かんばとけどさ、前に歌舞伎観に行きたいって
いいよらんかった？　それって観に行ったと？」
「行けとらんよ」
やはり。よし、決まりだ。姉の代わりに私が連れて行こう。いつかの会話を思
い出してから二十分弱、私はおばあちゃんに約束を取り付けていた。

✸

十二月。満を持しておばあちゃんが東京にやってきた。本人曰く、最後に来た
のは平成三年。三十年ぶり四度目の上京らしい。空港の到着口から出てくると、
何の根拠もないはずなのに真っ直ぐどこかを見て直進していた。「おばあちゃー
ん！」慌てて声をかけ呼び止める。「来れた来れた！」といって安堵するおばあ
ちゃんと、ツーショットをサクッと撮り、家族ＬＩＮＥに報告をした。
最近の朝ごはんは、コッペパンにレタス・梨・マヨネーズを挟んで食べている、

という絶妙なおばあトークを聞きながら我が家へ向かった。三十年ぶりの東京は、どれほど変化していて、おばあちゃんの目にはどんなふうに映るのか。密《ひそ》かにそのギャップを聞くのを楽しみにしていた私は、ちょこちょこ東京の街並みについて質問してみたのだが、「もう昔んことやけん、さっぱり覚えとらん」と一蹴されてしまった。三十年前の東京と言えば、ホコテン？　ガングロギャル？　私も

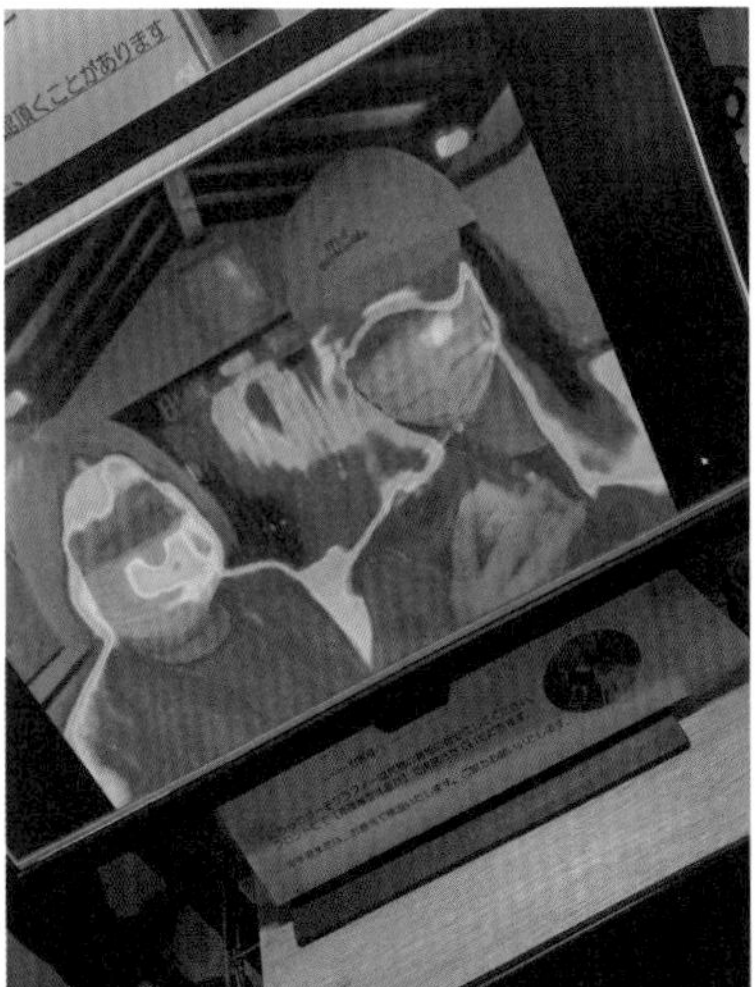

よく知らない。

我が家に着くと、ちゃんと一人で生活してて偉いね〜と褒めてもらい、飛行機の疲れをとるために、二人でうたた寝をした（厳密にいうと、私が先に寝てしまった）。

夕方に起き、予約していた温泉に向かう。そこは板橋区にあるスーパー銭湯のようなところで、一時間制で貸切の個室お風呂が借りられる場所だった。「東京ってもっと華やかな場所って思っとったけど、なんか暗かねえ」道中、窓の外を見ながらおばあちゃんがぽつりとつぶやいた。確かに、銀座やあのあたりの東京感は板橋にはなく、街灯もあまりない薄暗い道が続いていた。私はこのくらいが落ち着くのだが、おばあちゃんは、東京はどこも煌《きら》びやかな街並みが広がっているイメージだったのだろう。

貸切湯は想像以上に良く、おばあちゃんも感激してくれているみたいだった。「温泉に浸《つ》かったのは何年ぶりやろうか、東京に来てねるちゃんと温泉に入るとは思わんかった、長生きしててよかった」と次々飛んでくるので、私はその言葉を全てこぼさないようにキャッチしながら、その姿を目に焼き付けるのに必死だった。そういえば空港からの車内で、「八十年も生きているのは、悲しい。いつまでこんなに生きなきゃいけないのか。もうこの世は十分満喫した」と寂しいことをつぶやいていたので、長生きしててよかったという言葉はたまらなく嬉しかった。

ちょっと緊張気味だった祖母もあったかいお風呂でほぐれてきたのか、思い出話から最近のことまで、饒舌になっていった。脳内で都道府県を言っていくことを習慣づけていると言うので、「ちょっとやってみてよ」とリクエストしたら、早速、北海道からゆっくり唱え始めてくれた。青森、秋田、山形、新潟と下りてきて岐阜にいく。そして、石川、福井……。北から順に攻めるとかじゃなくて、なんか特殊な唱え方だな。少し気になったが、そのまま続きを聞いてみる。島根、山口までくると、広島、と反時計回りに折り返した。どうやら本州の輪郭をなぞっているっぽい。和歌山、三重ときたので「奈良忘れてるよ」と言うと、あそこは海の無かけん、後から、と言ってまた、海沿いを追っていった。歌川広重タイプ。もしかしたら、脳内で広重と行脚しているのかもしれない。じっと聞いていたら、ちゃんと順番通りに四十七都道府県を全制覇した。何と賢《かしこ》おばあなのだろうか。思わず拍手を送り、日々の努力を労《ねぎら》った。

その頃には二人とも、肩のあたりから背中までじっとりと汗ばんでいた。「おばあはさ、行きたいところとかないの？」と聞くと、「あの、山の中で暮らしている人たちがいるところ。プノンペン？」とこれまた斜め上の回答が返ってきた。山岳民族がいるところか、どこだろう。そう考えながら、さっきまでもう飛行機に乗るのも最後だと言っていたおばあちゃんが、ぽつぽつと前向きに未来のことを話してくれていることにまた嬉しくなった。連れて行くまでは、私もしっかり働かんとな。熱い湯船に肩まで浸かりなおした。

心も身体もぽかぽかになった私たちは、お蕎麦を食べて帰り、二十一時ごろには一緒に布団に入っていた。おばあちゃんは相当疲れていたのだろう。すぐに寝息が聞こえ始め、私も『NANA』のアニメを観ながら、気づいたら寝落ちしていた。

次の日、「お着物とかじゃなくていいのかなあ」としきりに服装を気にしているかわいらしいおばあと、お昼過ぎに歌舞伎座へ出発した。途中、新宿《しんじゅく》の東京モード学園を見て、「あれは倒れんとやろか」と心配していた。皇居付近の銀杏

並木を見ては、皇室の方の真似をしてお淑《しと》やかに外に手を振っていた。ふふ、上品だね～と言って、ビデオを回している私に気づくと、照れくさそうに「でもあの人たちは、こんな百姓の手じゃなかもんね」と言って自分の手をさすっていた。私は、いつも畑仕事をしたり、お花を育てたり、あったかい料理を作ってくれるその手が大好きなのに。

あれこれ話していると、銀座の歌舞伎座に到着した。十二月大歌舞伎の看板に中村勘九郎さんの文字を確認し、心が弾む。我々は正面口で何枚も写真を撮り、地下で幕の内弁当を買い、そのままお土産をゲットし、劇場に入った。

私たちが観る第二部は、『男女道成寺《めおとどうじょうじ》』と森鷗外原作の『ぢいさんばあさん』。席に着くとすぐに始まった。初めて観る歌舞伎に私は目を奪われ、ひとつひとつの滑らかかつキレのある動きと、遠目でもわかる繊細な美しい衣装にうっとりしていた。イヤホンガイドのおかげもあってか、内容を理解しやすく、あっという間に『男女道成寺』が終わった。おばあちゃんの方を向くと、この歌舞伎の釣鐘のシーンは深夜のＮＨＫで観たことがあり、本物を観られたことの喜びを、私に矢継ぎ早に伝えてくれた。こんなに興奮している姿は初めてだった。幕間《まくあい》も、イヤホンガイドから聞こえる解説に耳を傾けじっくりと聞き入っていた。

二つめの『ぢいさんばあさん』は町きってのおしどり夫婦が三十七年の離ればなれの期間を経て再会する、これまた素晴らしい愛の物語だった。三十七年の時間を「互いの苦労はもう言うまい」と言い切り、「これからの時間は余生ではない。始まりだ」と強くばあさんの肩を抱くぢいさんの言葉に胸を打たれる。二十三年しか生きていない私には、到底実感しようのない年月である。

途中、思わぬ展開にハッと口を押さえたり、愛に溢れる結末に涙したりしていたおばあちゃんはどんな八十一年を生きてきたのか。戦争を越え、高度経済成長期を越え、平成、令和、とデジタル化の加速……。目まぐるしい激動の人生だ。

祖父はもう亡くなってしまっている。

帰りの駅で、羽田《はねだ》までの切符を買っていると、「ねるちゃんにいっぱいお金使わせたね。ごめんね。ありがとうね」と声をかけてくれたので、「そのために働いてるんだよ」といつか母が私にかけてくれた言葉をそのまま渡してみた。こんなことを誰かに言う日が来るなんて思ってもいなかったが、なんだか私まで心が満ち足りたような、幸せな気持ちになった。大切な人に愛の気持ちを伝えたり形にしたりする、初めての感覚であった。ほくほくしていると、おばあちゃんが「また働いてね」と言ったので、急に現実に戻り、私は笑った。

電車に乗ると、おもむろにガサゴソと鞄に手を入れ、私がお土産で渡した歌舞伎の手ぬぐいを取り出した。膝の上で広げるので、何をするのか聞くと、額縁に飾るために長さを測るとのことだった。「だいたい50㎝かな」と親指と小指を伸ばして測る手尺で何度も確認している。この手ぬぐいで、今日のことを家で思い出してくれたらいいな。おばあちゃんのいう〝百姓の手〟を眺めながら、私はプノンペン旅行について調べていた。

愛しのアイスランド

「漂えど沈まず」最近読んだ本の作者紹介の欄に、今年の抱負として掲げられていた。今の自分をまさに体現する言葉だった。大きいものに抗《あらが》わず、ただ粛々と流れに身を任せ、浮かんでおく。だけど、下降せず。最近の自分はひたすらこれを実践しているように思う。

むすっとしてるより、なんとなくでも笑っていた方が自分も周りも円滑に進むという去年一年間の気づきを活かし、〝新年リセット〟をした。

正月は嫌なことをまとめて忘れようと試みたり、今年こそはこれができるはずだと自分に期待したりしてしまう。私は毎月頭も、何かリセットできる感じがして一日《ついたち》が好きだ。

これは暦があるからこその感覚。

私は、自分の人生を一本の棒みたいなものに感じている。地球全体の歴史もずーっと地続きで、それを大昔に誰かが便宜上勝手に区切ってくれただけで。私はたまに、長すぎる地球の轍《わだち》を想像してクラクラする。我々人間は、きっとこんなふうに仕切り直してメリハリをつけていかなきゃやってられないのだ。

もし私たちの生活に三六五日の区切りがなかったら。

まず年齢の概念がなくなる。自分が生まれてからどのくらい経ったか、正確に把握することは難しいだろう。「九月四日で二十四歳です」は「生まれてから結構経ちます」になる。同い年や先輩という捉え方もなくなって、敬語も使わなくなるのではないだろうか。風貌や風格からなんとなくで人生キャリアを判断し、群れたりするかもしれない。お年を召していても肌艶が抜群に良い人もいるし、若くして哀愁を獲得している大人びた人もいるから、判断が難しい。いや、そもそもなんで判断しなきゃいけないんだろうか。意識していなかったあらゆる当たり前が揺らぎ、少し具合が悪くなってきた。

何月何日というものがないと、イベントごとも消滅していく。五月五日こどもの日。十二月二十五日クリスマス。一月一日のお正月も。やっぱり人生の彩りがぐんと減る気がして寂しくなった。

ではもし二十四時間という区切りがなかったら。「朝九時に駅集合で」は「明るくなってしばらく経ったら駅集合で」になる。一気にハードモードである。日の出と日の入りから察する、ニュアンスだけの生活が始まる。始業の時間が決められないので、もちろん朝の通勤ラッシュなんかない。あの満員電車ともおさらばだ。時計がなかったら、電車がいつ来るかもわからない。私は待つのは好きだから、それはいいか。一日三食の感覚やテレビの番組表も消滅する。

大前提として存在しているものを壊した世界って、あまりに全てが絡み合っているので、妄想することさえも難しい。正直書いていてよくわからなくなってきた。

「二十四時間　定めた人」で検索すると、ヒッパルコスという名前が出てきた。三六五日を定めたのはユリウス・カエサルだった（こちらは聞いたことがあるような）。二人ともありがとう。言わずもがな、今日の我々は大変助かっています。

年の区切りということで、私の昨年のハイライトを。二〇二一年は完全にアイスランドに魅せられた年だった。きっかけはアイスランド音楽との出会い。誰かに好きなアーティストの話をしていた時に「アイスランドの人たちが好きなんだね」と言われ、私は初めてSigur RósやÁsgeirなど好きな音楽がアイスランド生まれだったことに気づいた。björkにmúmまで。あんなに小さな国の中で、こんなに被《かぶ》っているということはきっと自分の琴線に触れる何か共通点があるはず。アイスランドに一気に興味が湧いた。私がその音楽たちに感じるイメージも確かに似ている。ダイヤモンドダストのように細かな煌めくちりを纏っている感じ。深い星空のような濃い藍色の感じ。

私は担当している音楽番組で特集を組み、アイスランドについて掘り下げさせてもらった。まず、アイスランドはどんな国なのかを探った。情報提供元は、番組スタッフさんの知人のアイスランド同好会の方々だ（よくこんな近くにドンピシャなコミュニティがあったもんだ）。

国の人口は東京の中野《なかの》区と同じくらい。冬の日照時間は四時間ほどしかないそうだ。その期間はみんな家に篭るので、国全体として鬱々とした空気が漂うとのこと。それで少し暗く湿った音楽が生まれるのだろうか。

　何より魅力的だったのが〝人に干渉しない〟という国民性。他人が何をしようと興味がないので、自分が画家といえば画家だし、音楽家といえば音楽家。実績や他人の評価があるかどうかなんて関係ない。よって、アイスランドにはアーティストと呼ばれる人たちが多いらしいのである。なんとも生きやすそうで羨ましくて、私は深呼吸をした。

　それから、人に干渉しないので国のトップが女性だろうが男性だろうが関係ないと考えている人々が多いとのこと。女性だから〇〇だという固定観念も薄く、隣人のジェンダー事情にも興味がないのか、十二年連続でジェンダーギャップ指数が世界で一位なのだ。いわゆる世界で一番男女の格差が小さい国と言える。国民性については一概には言えないし、なんせ私も受け売りなので、真偽はわからないが、とにかく自分に合いそうな魅力的な国だということはわかった。

　そんなふうにアイスランドの魅力にどんどんハマっていく私に、番組はヨハン・ヨハンソンやオーラヴル・アルナルズというアーティストを教えてくれた。

これまたドツボで、どうしてこんなにもクリーンヒットな楽曲たちをピンポイントで教えてもらえるのか。番組スタッフが誇る知識と蓄積にも感動した。

その日からさらにアイスランド音楽ばかり聴く日々が始まった。広大で暗く、しかしちゃんと光はあって、胸の中にブワッと強風を吹かせるのに、それでいてラストノートは切なさが香る。

私があまりにもアイスランドづいているので、みかねたマネージャーさんが「そう言えばふかわりょうさんもアイスランドがお好きでよく行かれてたみたいよ」と教えてくれた。早速調べてみると、二〇〇七年ごろから何度もアイスランドを訪れているらしい。ふかわさんにはアイスランド関連の『風とマシュマロの国』『世の中と足並みがそろわない』という著書があり、私はまるで魔女の見習いが魔術の本を手にした時のように、貪るように頁《ページ》をめくり、どんどん燃え上がった。

ふかわさんが本の中やインタビューで語っている印象的なエピソードがある。アイスランドにいる羊たちはもこもこすぎて、一度転んでひっくりかえってしまうと、自力で起き上がることができないらしい。そのまま餓死してしまうか、他の動物に食べられてしまうらしいのだ。ふかわさんは今やその羊たちを助けるのがアイスランドに行く目的になっているという。なんとも可愛い、だけど切実な、そして憧れる目標であった。絶対私もその任務を遂行したいのです。

そんなふかわさんの話を友達にしていた時のこと。テラスでのんびりパスタを食べていた彼女がこう言った。「友人にアイスランドに一人で行っていた子がいるよ」私の二個下の女の子で、世界のいろんな所を写真を撮って巡っているらしい。その子が一昨年《おととし》アイスランドに行ったというのだ。そして、ちょうど今アイスランド写真の個展をやっていると言い出した。

しかもその会場は私たちがいた場所から徒歩十分ほど。スルスルスルと何かに導かれるかのように繋がった。こんな偶然がありますか。完全に運命としか言いようがないじゃない。私はアイスランドとの縁を勝手に確信し、気が急《せ》いた。

会場に到着し一番に目をひいたのは、奥に山々が広がる真っ白な空と雪道。人一人いなくて、人間をよせつけない地球の本気さ、厳しさを感じる写真である。ビュンと吸い込まれてここにワープしちゃうんじゃないか。写真から放出されるエネルギーに少し呑《の》み込まれそうになる。その大きな大きな美しい写真を道標《みちしるべ》に、私も同じ景色を探しに行きたい。そしてここの雪を踏む。未知の雲に覆われていたアイスランドが少しだけ近くなった。

そしてアイスランドを調べていくうちに、ふと郷愁を感じている自分に気づいた。それはÁsgeirの『King And Cross』のMVを見ている時のこと。あれ、このアイスランドの山々、そして岩肌……。自分が幼少期に育った五島列島にそっくりだ。ゴツゴツした裸の地面に野生の花がぽつぽつと顔を出していて、ノスタルジックな雰囲気の中にどこか近寄り難い神聖さもあって。ああ、そうだったのか。

一気に自分のＤＮＡに潜り込んでいき、そして腑に落ちた。だからか。だから好きなんだ。

今年もどうか、日々を暮らしていてよかった、なんとかここまできてよかった、と手放しに喜んだり安心したりする温かい瞬間が少しでも訪れる年になりますよう。

（＊このエッセイはオーラヴル・アルナルズの『Doria』を聴きながら書きました）

島の母

いろんな方のエッセイを読むと、自分の文章がとりわけ暗く感じる。暗い明るいというのはまた違う気もするが、悲劇のヒロイン的に物事を深刻に捉えすぎているような。

エッセイを書き始めるとき、まず、自分の携帯のメモを開く。本や映画、誰かからもらった言葉や思いついたことを、随時携帯に書き留めている。嬉しいも悲しいも悔しいも気をつけるも、忘れたくないものは全てだ。このメモは六年前に上京してからはじまっている。感情を内に秘めるよう意識していた反動なのかもしれない。

「お涙頂戴になったらだめだ」この言葉からメモは始まっている。十代の頃にマネージャーさんからもらった言葉だ。これは自分だけがわかる暗号だ。見返して、その時の景色や感情を鮮明に追体験することで、気が引き締まる。一方、慌てて書き留めた、誤字だらけのさっぱり思い出せないメモもある。

卒業アルバムの写真より自分の本棚より、何よりこれだけは誰にも見られたくない。し、到底見せられない。絶対にだ。こっそり自分だけで読み返し、自分の歴史に浸っている。

唐突に、「結局エゴ」「ひとにぶちまけない」などという何かへの戒めメモがあったり、「鬱積」といった、多分その当時出会った言葉がメモされていたりする。「ブログは日記ではない。街頭演説。若林さん」若林正恭さんの本からも引用させていただいている。たまに「黒スキニーが似合う人になる」とかいう決意表明も交ざっている。私はそれを見て、体重コントロールがうまくいかず悩んでいた十代の頃の、焦燥や羞恥心をはっきりと思い出す。今だと、あの年頃はパンパンになるものだから、そんな悩まなくていいのにな、と思えるし、体型なんて本当は何でもなくて、何だっていいんだよと自分にハグしたくなる。

そのメモの中に「休んで長崎帰る羽田タクシー　やんでへんずつう　誰かを守る

ために生きる　必ず必要とされてる」という四行を見つけた。

　ふと五年ほど前の出来事がフラッシュバックする。

　十九歳だったか。私は少し疲れていた。疲れの逃し方がわからず、ベッドから起き上がれなくなったり（実際、本当に体が動かなくなることがあるよね）、一日中電気をつけず部屋の片隅に座っていたり（人間の原点？）、漠然と疲れていた。「しんどいのはあなただけじゃない」不意に張り詰めた糸が切れるように仕事で泣いてしまった時、慰めてもらった言葉にさえもモヤモヤしている自分がいた。わかるよ、私だけじゃないのは、わかるんだけど……それでも自分にとっては大問題なのですよ、と外界とのコミュニケーションを閉ざしはじめた時期だった。

　そんなある日、私は一日仕事をサボった。休みの日じゃないのに、休みをもらった。そしてそのまま空港に向かった。実家に帰るのではない、目指す先は五島列島だ。

　私の家は両親が教師で、いわゆる転勤族だった。その中で長崎県の五島列島に住んでいたことがある。今の私の根っこを全て作った場所だと断言できる。小中

学校のことはあまり覚えていないのに、五島にいた小学一年生までのことはよく覚えている。そしてそこに、山内《やまうち》さんという大好きな人がいる。山内さんは山内さんだ。日が暮れるまで外で遊んで、暗くなったら山内さんちに行ってご飯を食べさせてもらって、両親の帰りを待つ。夏休みは子どもチームは皆山内さんちに集まり、クーラーをガンガンにかけた畳の部屋で古い少女マンガを読み漁《あさ》ったり、桃《もも》太郎《たろう》電鉄《でんてつ》をしながら過ごす。お昼はそのまま山内さんちで素麺を食べる。昼からは釣りにいったり

山に探検しにいったりする。そんな毎日だった。私は五島が大好きで、自分の居場所だとわかっていて、引っ越した後も中学生まで毎年夏休みはいつも山内さんちに滞在して過ごした。

　山内さんの夫（むっちゃん）は漁師で半年に一度しか帰ってこない。娘さんや息子さん方もみんな大きくなって島を出ている。集落全体が家族みたいなこの場所で、山内さんは島の母だった。


　その母にどうしても会いに行きたくなった。

　山内さんに電話すると、

「いいよ～。今日は仕事やけん遅くなるよ。合鍵の場所覚えとるやろ？　勝手に入っとってよかけんね」と何年かぶりに話したのに、いつもと変わらない口調で受け入れてくれた。

そして私は羽田に向かった。

その道中のこと、タクシーの運転手さんに話しかけられた。その日はすごく晴れていた気がする。「旅行ですか?」「あっ、違います」「仕事?」「仕事でもなくて——」「帰省?」「えっと、いや……」何て答えて良いかわからずドギマギする。適当に旅行に行くていで話を合わせれば良いものの、正面から受けとってしまい、どう答えようか戸惑っていた。

「なんか疲れちゃって、仕事休んで、こっそり帰るんです」馬鹿正直に打ち明けてみた。「そうなんですね。うんうん」おじさんもね……と、ずっと前に会社に勤めていた頃に病んでしまったこと。偏頭痛が止まらなくなったこと。思い切って仕事を辞めてタクシー運転手に転職したことを教えてくれた。

「けど、こんなふうにお客さんとお話しするのが楽しくてね、いろんな人生を教えてもらうんだけど、きっとみんな誰かを守るために生きていて、必ず必要とされているんだよ。だから思いっきりゆっくり休んできてね」

出会って数十分、ずっと誰かに言って欲しかった言葉を見ず知らずのおじさんにもらった。お互い、目を合わせることもなく、私は高速道路のガードの上半分から覗く、移りゆく東京の街を眺めていた。

そして、携帯に断片的なメモを残した。

✸

長崎へ帰ることは親に言わなかった。実家に寄らず、その足で船に乗って五島へ向かった。

五島に降り立ったのは夕方過ぎ。山内さんちに着いたが山内さんはまだ帰ってきていなかった。子どもの頃から変わっていない場所で合鍵を見つけ、一人家に入る。久しぶりにきたのに、帰ってきたと思った。程なくして山内さんが帰宅したが、大袈裟に心配することも、大歓迎することもなく、特に何も聞かずに「ねるの好きな煮込みハンバーグば作るけんね」と言った。

私は、久しぶりの山内さんにちょっと照れくさくなり、散歩に出ることにした。私たちの町の玄関口、奈良尾港の防波堤に向かう。幼い頃から幾度となく遊んだ大好きな場所だ。季節は秋、少し肌寒い海風にあたりながら、コンクリートに寝転んでみた。冷たくてゴツゴツした感触がやけに懐かしくて心地よかった。

何を考えていたのかは思い出せないが、空を見上げたり海の音を聞いたりしていた。山内さんちから防波堤まで、人間に一人も出会わなくて、それも良かった。

どれくらい時間が経っただろう、山内さんから電話がかかってきたので、くーっと背伸びをして起き上がった。家に戻ると、なつかしの煮込みハンバーグが出来上がっていて、テレビを見ながら二人で食べた。他愛《たわい》もない時間を過ごさせてくれることが、とてもありがたかった。

次の日、港まで送ってもらい、そのまま東京に帰った。山内さんの車ではSMAPがかかっていた。窓を開けて顔いっぱいに潮の香りを浴びていると、不思議と歌詞がはいってきて、私はしっかりと励まされた。

✸

山内さんには暫《しば》く会えていない。元気かな。むっちゃんが漁から帰ってきたら、たらふくお刺身食べさせてもらいに帰ろうか。

サウナのナ

先日まで大阪に仕事で滞在していた。大阪は何度も訪れているのだが、全く馴染みがなく街のことはほとんど知らない。新大阪駅と現場間を、いつもカーテンの閉まったマイクロバスで移動し、どこで仕事をしているのかも把握しないまま過ごしてきてしまった。

今回の大阪滞在は少しオフの時間があったので、出不精の私には珍しく、街に繰り出してみることにした。しかし、どのあたりが栄えているのかも何が名物なのかもさっぱり分からなくて、来たことがあるから知識を得てるわけじゃないんだな、と受け身な自分を少し悔やんだ。さっそくサウナを探してみることにした。スマホで検索したところなにやら良さげなサウナを見つけたので向かう。

二階建ての古そうな銭湯。人がひっきりなしに出入りしていて、番頭のおばあちゃんは終始ぶっきらぼうだった。いちげんの私はこの場所のルールが分からず、どうやらお金を払う時に靴箱の鍵を預けているらしいと、前の人を真似る。サウナは別料金のようだ。料金と引き換えに渡されたやたらと長い紐がついた札を首からジャラジャラ下げながら脱衣所に入ると、あまりの広さに驚いた。そして、洗面台の前に座った三人のおばさま達が、鏡越しに怒涛のスピードで話しているのを見て、うおー本物だーとおもわず感動してしまった。中川家さんがモノマネするような〝大阪のおばちゃん〟が存在した。一気に心が沸き立った。一人、はやる気持ちを抑えながら、おばさま方の間を通り抜け奥のロッカーへと進んだ。しかし、ロッカーが一つも空いていない。全部ロックがかかっていた。そんなに大繁盛してるんだと立ち往生しながら、適当に調べたのに名店を引き当てた自分に満足する。

しかし後から入ってきた人がみな一直線で特定のロッカーに向かっていることに気づく。もしやと思い、首のジャラジャラを見てみると番号が書かれていた。靴箱の番号かと思っていたが、ロッカーを指定されていたのか。まだ喋り続けるおばさま方の間をもう一度横切り、入り口付近のロッカーを確保することができた。レンタルしたタオルには、銭湯の名前が波のような字体（？）で書かれていて、小さい頃に地域で餅まきをした際にもらった町内会タオルを思い出した。

裸のまま階段を上がり大浴場に入ってみると、思いの外、人はぱらぱらとしかいなかった。中を見渡すと、サウナに加え薬湯もあり、身体を隠している両手に代わり、顔でガッツポーズをした。シャワーは、人間側が頭を突き出さないといけない固定式で、プールの時みたいに懸命に頭を濡らした。一通りさっぱりし、満を持してサウナに向かう。

サウナ室も広く、中でひとり、おばさまがテレビを見ていた。私も向かいに座り、誰かの何処かへの移住生活をぼんやりと見る。食料はほぼ自給自足で賄っているらしい。少しずつ肌を埋めていく丸っこい汗を観察し、満足げに画面に視線を戻した。なにやらヤギまで登場している。おばさまが退室したので、ドアからの隙間風で慌てて涼む。十二分時計が一周し、汗が身体を伝い始めたので、一旦出ることにした。

熱々が冷めないよう、急いで汗を流し水風呂にざぶん。最高、ここもしやシングルじゃないか。ありがてぇ……キンキンに冷えてやがるぜ。見たことないカイジをなんとなくで憑依させ、目を瞑《つぶ》り上を向いた。だんだんくらくらし始めた。サウナ未体験の人がこの状態を味わってしまうとびっくりすると思う。脳が溶けてぐらんぐらんしてくるのだ（ととのい、は合法なのか？）。いつもより長くあったまっていたからだろうか、しばらく動けない。血液という血液が、全身を猛ダッシュで駆け巡る中、なんだか気を失ってしまいそうな気がしたので（危なすぎ）、のそのそと熊のように水風呂を後にした。

さっき使った洗い場の椅子に座り、もう一段階追い込む。先ほどのぐらぐらと違い、今度はふわーっと天に昇るような感覚に陥る（もう一度確認したい、こんな危ない感覚で合法なのか？）。「……んた、あんた」ぷつんと電源を切られたように、急に現実に戻る。隣のおばさまがどうやら私を呼んでいた。

「あんた、シャワー止めやらんと、さっきからずっとポタポタ出てたで。私が止めたけど、また出てる思うて、また止めて」

軽く蛇口を閉めただけじゃ足りなかったようで、ポタポタ水滴が垂れていたとのことだった。確かに、ギュギュと最後まで固く捻っていない。「すみません。

ありがとうございます」半分意識が飛んだまま、なんとか謝る。「二回も出てたからね、きちんと閉めなあかんよ。ぽたぽたしてたんで」少し厳しめの口調にうろたえる。「二度もすみません」おばさまの方に改めて向き直る。言わずもがな、お互い全裸である。おばさまは一通り伝えた後、ニコッと笑った。そして何事も無かったかのように自分のシャワーに向き直り身体を洗い始めた。

今、笑ったよね……？　最後の最後にチャーミング笑顔。生の関西弁に圧倒され萎縮していたが、どうやらあまり怒っていなかったようだった。横目でおばさまの様子をチラチラと窺ったが、おばさまはなお熱心に身体を洗っていたので、私ももう一セット向かうことにした。移住生活の番組は既に終わっていた。二セット目もまた天に昇るような感覚を得る。上空にさっきのおばさまの笑顔がぼんやり浮かんでくる。あれは確かに笑顔だったよな、一瞬すぎたその顔を何度も思い返しながら、おばさまの残像に魅せられていた。

✸

銭湯を出ると、日が落ちかけていて、まだ少し濡れている髪を通り抜ける涼しい風が格別に心地よかった。サウナ後はなぜこうも無敵感を得られるのだろう。足取りが軽く気持ちがいいので、どうせならとホテルまで歩いて帰ってみることにした。車で十分弱の距離。大阪を探索してみよう。碁盤の目状の街を進んだり曲がったりしながらカクカク歩く。ホテルの近くの角にコンビニがあったので、それを目指して戻っていたが、歩けど歩けど同じような道に戸惑った。さらに歩き進めてみると（すぐ地図見なよ）、角にコンビニを見つけたので、やはり人間、感覚で辿り着けるものだなと感心した。

結構歩いてきたようで、半乾きだった髪もすっかり乾いてしまっている。大阪も京都みたいなんだなと謎の感想を持ちながら安堵した。しかし、コンビニの近くにホテルが無い。確実にここだったのに無い。そもそもなんてホテルだったたっけ？　いかに日々、周りを確認せずになんとなく過ごしているのかが浮き彫りになり、あきれた。地図を見ると、宿泊ホテルは現在地から2㎞も離れたところにあった。角のコンビニという曖昧な手がかりだけでこんなに歩けてしまうのだ。やっぱりサウナは凄い。今度はちゃんと地図を片手に無事に辿り着くことができた。

これもまた旅の醍醐味だよなと呑気に正当化し、ホテル近くのコンビニでヨーグルトを買い、帰った。

小さな島の居酒屋で

五島列島・福江島にて撮影していた時のこと。私は夜ご飯を食べようと、一人五島の夜を散策していた。「うに ありᐟ」という看板に惹かれ、海鮮居酒屋さんを覗く。ガラララと引き戸を開けると、「いらっしゃい」という女将の声に、店のお客さんが一瞥した。「こんにちは〜……」私は恐る恐る入る。

一人です。あ、はい。カウンターで。ありがとうございます。あったかいおしぼりを受け取り、キョロキョロと店内を見回す。カウンターに座る私の両脇におじさんが二人、後ろの座敷には誰もいなかった。左のおじさんはお盆に載った定食を完食し、大きく新聞を広げてテレビの相撲を見ていた。右のおじさんはお酒が進んでいるようで、陽気に女将と談笑している。「どこから来たとね？」右おじさんに声をかけられた。「あっ、長崎から」なぜか東京からではなく、実家を住所として話す。どうやら私の実家付近の街をご存知だったようで、知っている地名をいくつか挙げられ、私はそれに相槌を打つ。うまく話を広げることができず、手持ち無沙汰のままなんとなく相撲に目を移した。お相撲さんの柔らかそうな体と裏腹にばちんばちんとぶつかり合う重い音に釘付けになる。ふいに相撲部屋に弟子入りした直後に先輩から強引に股割りをされる話を思い出した。筋が切れる音を勝手に想像し少し身震いした。

「あー。こりゃ駄目ばい」長い立ち合いののち、一方が押し出された。推しが負けてしまったのだろう。いつの間にか一緒に見ていた右おじさんが悔しそうな反応をし、「人生いろいろやけんね」と励ましていた。人生いろいろ、その言葉が耳に張り付いた。

さっきの話はどう続けたらよかったのか、今度は私から話しかけるべきかぐるぐるしていると、ナイスなタイミングでお刺身が届いた。ブリ、ヒラス、アジ、イカ、キビナ……。新鮮に光る刺身たちに私はこっそり興奮する。こっちのお刺身はコリコリしていて良い。上等なお刺身を食べると、〝とろける〟といった表現で褒められることが多いが、ここでは逆だ。新鮮が故にどの魚も歯ごたえがしっかりしている。幼い頃からその食感に慣れ親しんできた私はコリコリ刺身が大好きだ。一切れずつ大事に味わっていく。これですこれです。久しぶりの故郷の味に舌鼓を打ち、誰にともなく一人ドヤ顔をした。

「美味しかろう」同じようにドヤ顔をした右おじさんがまた声をかけてきた。絶品ですね……。感極まりながら、箸を止めない私に嬉しそうだった。すると黙々と刺身をつくっていた大将が「話しかけすぎ」と言って、胸ポケットからなにやらカードを取り出した。「イエローカード」「あちゃー」お決まりのやりとりなのだろうか。よくわからんがとりあえず二人、楽しそうである。大将が掲げたイエローカードをよく見ると、黄色を主としたどこかのスーパーのポイントカードだった。「ごめんねえ」と奥から女将さんがアラカブのお吸い物（極上の一品だった）を持って出てくる。いえいえ、楽しいです。こうやって知らない人と話すのは久しぶりだ。子供の頃は島を訪れる観光客の方とよくこんな風に話していた気がする。相撲が終わり、じっと観戦していた左のおじさんが帰っていった。

程なくしてまた戸が開く。お次は日に焼けた肌に作業着を着た二人組だ。どうやら彼らも常連さんのようで、慣れた様子でカウンター席に座った。「おばちゃん、ビール！」左隣に座ったベリーショートの女性が威勢のいい声で注文する。

奥の男性は、肩に髪がつくくらいの長さで寡黙そうな印象通り「……定食」とボソボソ注文していた。もちろん女将は聞きとれたようで、「およー！」と威勢よく厨房に戻っていく。「どこから？」隣に座ったお姉さんに話しかけられた。あっ。「なが…」「長崎からってばい」右おじさんが答えてくれる。「そうねそうね、生憎の天気で残念ね。またすぐこんばたいね」そう言って微笑んでくれた。「はい

はい。もうそれ以上は困らせんと」右おじさんとの会話の返答に困るたび、見かねて大将がレッドカードを掲げてくれた（いや、掲げてくれた。って何。そもそもこのカードシステム、何）。今度は普通の白い紙を赤いマーカーで塗りつぶしたようなペラペラのお手製カードだった。

一通り料理を出し終わった女将が奥から出てきて一息つく。「さあ呑《の》もか」そう言ってセルフでビールサーバーからビールを注ぎ、腰に手をあて一気に飲み干した。

ぷはー。左のお姉さんが唖然として

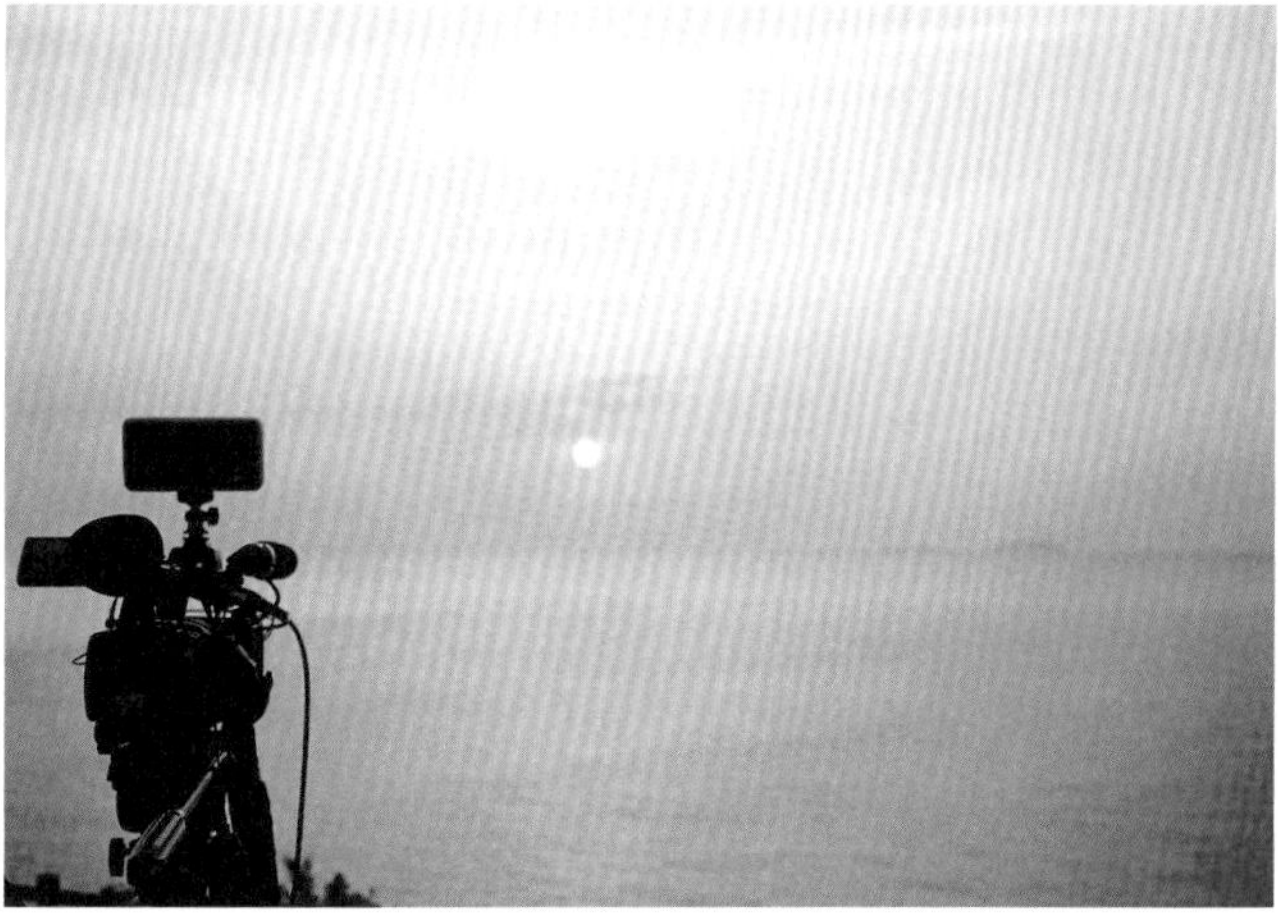

いる私に笑いかけ、こんなおばちゃんにならんごとね。と忠告した。いいのよ。こんな婆さんにならんばね。楽しかよう。女将も笑ってこっちを向く。ただただ幸せな空間に、私は語彙を失い、ずっとエヘエへとにやついていた。お酒は呑んでいなかった。

その様子を見かねた女将が、「あら、呑んどらんとね。今何歳か」と聞いた。二十三です。と言うと「綺麗かねー」と褒めてくれ、「私の二十三の時はこがんじゃなかったもんね」とお姉さんが続けた。

女将「あんたもこげな時あったたいね」

左姐《ねえ》「なかなか。私の二十三はこれじゃなかった」

女将「あんた、髪もどんどん短くなって、もう男か女かわからんもんね」

左姐「年々ね（笑）。性別とかようわからんくなってきて」

女将「よかよか。それでよかとよ」

なんて、なんて美しいんだ。長崎の小さな島の居酒屋で。

今強く唱えられている、性差をなくさなきゃとかそんなんじゃなくて、ただこの、五島の暮らしの中から生まれた優しい言葉であった。お姉さんがふとこっちを向き「幸せになりなさいよ」と言った。もう涙を堪《こら》えるのは至難だった。懸命に頷きながら、湯呑みに口を当て、必死に我慢を試みたが少しだけ涙が落ちた。ずっとデートに誘ってくれていた陽気な右じいも、私が席を立ちお会計をしていると、脈絡もなく「栄光あれ！」と大きい声でエールをくれた。嘘みたいな日常がここに在った。

戸を開けて外に出ると雨が強くなっていた。「これ差していかんね」大将が外まで出てきてくれている。よく見ると私が泊まっていると教えたホテルのレンタル傘だった。以前、観光客の人が忘れて置いていったらしい。貸すついでにホテルに返してくれんね。そう言って渡してくれた黒い傘は、可笑しくて嬉しくてあったかかった。

ホテルについてから、ああ、そういえばウニ食べなかったなと思い出した。

私の仕事

先日沖縄の美術館に沖縄戦の取材に伺った。

ある大きな絵を前に私は言葉を失う。怒り、絶望、悲しみ、キャンバスいっぱいに描かれた人々の顔から目を逸《そ》らす。

白旗をあげ、防空壕から出ていく青年を、日本兵が後ろから撃っている。亡くなった赤子を抱いている母がいる。お互いに首筋にカミソリを当て合っている若者がいる。

この光景がたった七十八年前のこの地でのことだとは、あまりに信じ難い。そしていまだに地球上にはこの光景が存在している。

絶句する私に美術館館長はこう言った。

「アートはね、現実のその先の本質を見せてくれるんですよ。ある時高校生が見学に来てね、このおどろおどろしい絵を前にして、『毎日死にたいと考えていたけれど、この絵を見て、生きようと思った』と話してくれたんですよ。今のこの

時代にも、究極的に死を考えている人はたくさんいます。その子が、こんな絶望の世界を前にして希望を見出《みいだ》すんですよ。そんな力がこの絵にあります」

被曝三世、長崎出身の私は、幼い頃から多くの平和学習を受けてきた。戦争はだめ、世界平和になるにはと、何度も何度も自分に問い続けている。それでもいまだ答えが見つからずにいる。

こんな世界、何にも変えられないんじゃないか、と不意に無力感に襲われることも多い。

以前、バラエティ番組で「今後達成したい大きな目標は?」という問いかけに「……世界平和です」と答え、周りを戸惑わせてしまったこともあった。

私みたいな、世界のモブキャラに過ぎない一凡人は何もできないんだろうか。やはり現地に赴いたり、行動として示していかないといけないのだ。この仕事をしていることの矛盾が自分へ牙を剝《む》く。

しかしある人がこんなことを話してくれたことがあった。

「平和を〝誰かに愛されている状態にあること〟だとすると、世界の全員がひとりひとり自分のことを愛していたのならば、それは世界の全員が誰かに愛されている状態にある、と言えませんか？

本や映画などのエンタメは、『自分のことを好きだと思う・気づかせる』力は持っていると思うんです。それって、ねるさんの仕事は、十分世界平和につながる仕事ですよ」

世界中の誰かが、あなたが、私の姿や言葉を見てくれたとして、何か共感や影響を与えられたとしたならば、それは私の悲願である。

その人の話を聞いて、私は書くことをやめたくないと思った。演じることも、もう少し辛抱強く続けてみようと思った。

ここにいるから、この場所で、平和を作りたい。

フィクション

彼女は今日も絶望していた。世の中の全てに腹が立ち、なにともなくずっとイライラしていた。だけど優しくありたいとも思っていた。

ふと神社の前でお辞儀をする男性が目に入る。スーツを着ているので仕事帰りか。一礼して鳥居をくぐっていく彼は、神社に参るのが日課なのだろうか。「こんな人が報われる世の中でありますように」彼女は思った。ついこの間も同じような体験をしたような気がする。電話口でのこと。旅行チケットのキャンセル手続きにオペレーターの人が、辿々《たどたど》しい日本語で親身に対応してくれていた。そして電話を切る際に「青空も気持ちがいい季節になってまいりました。どうぞ体調には気をつけてくださいませ」と付け加えたのだ。「ああ、この人がどうか正当に評価されて、幸せになる世の中でありますように」心からそう願った。

彼女は歩き続けた。灼熱の中、歩いていた。

彼女は上空でエッセイ本を読んでいた。ある女性の切実な日記だった。周りの人との関係、自分へのもどかしさ、諦めのような希望のような赤裸々な想いが綴られていた。読んでいて苦しくなるほど我の思考と似ている。彼女は機内のWi-Fiに接続し、作者の生年月日を調べた。そしてありとあらゆる占いで同じタイプなのか確かめた。朝日タイプ。金のカメレオンタイプ。一白水星。水瓶座。A型。そのうちの二つが共通する。彼女は、自分と同じくらい面倒な人が存在するんだと勝手に少し安心したのだった。

暫《しばら》くして、客室乗務員がワゴンで飲み物を運んでくる。隣の女性をちらと見ると目があった。お先にどうぞと、テレパシーを受け取ったので彼女はあったかいコンソメスープを頼んだ。横の女性はリンゴジュースをと伝えていた。彼女はすぐに口をつけ、横の女性はテーブルに置いた。

また少し時間が経ち、横の女性が窓と座席の狭い隙間から前の女性に声をかけた。知り合いなのに横に席を取れなかったのか。勝手に彼女は居心地が悪くなり、さらに観察を続ける。横の女性は寝ていたらしい前の女性に、先程もらった手付かずのリンゴジュースを渡すと、リュックの中から別の何かを取り出し飲み始めた。私は何を飲んでいるのか気になったが確認できなかった。本を読んでるふりをしながら、リンゴジュースを譲ったのちに飲んでいるものがやはり気になりもう一度横目を試みたが、それでも分からなかった。すると横の女性が飲みかけを、前のネットに入れた。紙パックのぶどうジュースだった。彼女は謎が解けたことにほっとして、横の女性の用意の良さに感心していた。

彼女は恋人に当たり散らしていた。ただむしゃくしゃしていて何への怒りか両者共にわからない。相手は呆れていた。理由もなく宥められ、それにもイライラする。「どうせ、私と付き合って、ハズレくじ引いたと思ってるんでしょ」人間、こんなことを口走るなんて、どうしようもなく情けない生き物である。「自分でハズレだと思ってるの？　じゃあアタリに変わればいいじゃん」相手はそう言うと飄々《ひょうひょう》とベランダに一服しにいった。

彼女は我の幼さが恥ずかしく、ばつが悪くなって布団に潜り込んだ。こんな時は小さい頃から泣き寝入りすることを親から注意されていたことを思い出す。それでも彼女は苛立っていて、ファイティングポーズを崩さずにいた。

足音が聞こえる。喫煙から帰ってきたのだろう。なんて言おうか。ぐぐぐと布団をかぶる手に力が入る。

「月が綺麗だよ〜ベランダで見ようよ〜」呆れるくらい呑気な奴だ。彼女は布団から頭を出し、精一杯眉間に皺を寄せながら、ベランダに向かった。もうなにも望まないと心に言い聞かせていた。

彼女は友人から言われた言葉を思い出していた。居酒屋で二杯目のレモンサワーを頼んだあたりにて。「あんたはさ、飾らない方がよっぽど最高なのにね」「穿いてるスカートに少しでも皺がついたら嫌なんでしょ。アイロンで伸ばすとか、皺も愛すとかそんなんじゃなくて、綺麗なものがいいから捨てちゃうんだもんね」友人の言わんとしていることは理解できたつもりだったけど、彼女は飾らない方法がわからない。帰りの電車に揺られながら考えてみたけれど、どうしたらいいかわからなかった。家に着いた後も、飾らないってなんだ？　とずっと思っていた。

彼女は怒られた。二十五歳、定職に就かずずっと実家にいた。親は優しくて何もかも世話をしてくれる。なにも過不足ない生活でも心はいつも曇天で、うじうじノソノソすっかりなめくじのようになっていた。見かねた友人がバイトに誘ってくれた。彼女は働くというのが初めてだった。嬉しくてユニクロに出かけ、バイトの時に着ようと白い丸首のTシャツを買った。特に服装の指定はなかったが彼女にとっては必要だった。田舎の端にある脱毛サロンで働くことになったのだが、こんな田舎にもいよいよ脱毛が蔓延《はびこ》り始めたかと笑った。相変わらず電車内の脱毛広告に、なんで毛が生えてたら悪なんだ!!　と腹が立っていたが、彼女は定職に喜んだ。

そこは所謂《いわゆる》総合エステサロンで、脱毛以外にもいくつかメニューがあった。彼女はひとまず脱毛だけでいいからねと言われた。機械の説明を受け事前準備も教わるが、彼女は要領がよく覚えが早い。先輩が脱毛の準備をする前に、使い捨ての脱毛用シートを替え、機械の電源をいれ、冷却用の濡れタオルまで準備した。

彼女はずっと家にいたので求められることが嬉しかったのだ。だけど怒られた。なにが悪いのか分からない。十二時出勤だったが十時半に行って、一人お店の開店準備を済ませ、控え室でおにぎりを食べていた。行きのセブンで買ったツナマヨである。彼女は色のついたご飯としなしなの海苔が好きだ。

着いたらまずはタイムカードを切ると説明を受けていたのに間違っていたらしい。彼女はまるまる二週間一・五時間分の時給を泥棒していたんだ！　と言われた。悪気は全くなかった。オーナーからお年玉袋に入った二週間分の正しい給料をもらい、クビになった。

彼女の心は晴れやかだった。なぜなら初めて働いたのだ。気持ちがよかった。お年玉袋の絵柄はいないいないばあっ！のうーたんだった。

彼女にはタトゥーがある。友人に誘われ、カラフルな魚を手首に入れた。異国の絵本のキャラクターで、友情の証《あかし》だと言われたのだ。彼女はその出来事をすっかり忘れ、魚はもう彼女には見えていなかった。「意外とそういうタイプなんだね」好奇心も嫌悪も同情も好意も、無意味の魚が担っていた。当の友人とはとっくに音信不通だったが、褪せた赤や黄の魚はそこでずっと他人からの判断に使われていた。

彼女は風邪をひいた。柄になく高熱が続く。原因はわかっていた。お風呂上がりにあまりに暑いもんだからと、髪の毛を乾かさず冷房の効いた部屋に横になった。硬いフローリングの上でそのまま寝た。彼女は熱の対処方法がわからない。宅配サービスを利用しスーパーからお粥とニンニク瓶を買った。ニンニクは風邪に効くのだ。誰かの入れ知恵を頼りに、ニンニクたっぷりのお粥を食べた。病院に行かなきゃとふらふら立ち上がり、外に出た。燦々と太陽が照っていて気温は高いのに、体が寒い。あーこりゃだめかもしれない。歩いていると冷や汗が出てきて、視界が揺れてきた。すごー。どんどん見えなくなってくる。こわー。彼女は倒れた。数秒して意識が戻り、きた道をなんとか引き返す。病院に行くのは諦めたようだ。

家に帰ると、さっきはなんともなかったニンニクの匂いが気になって、窓を全開にして、また眠りについた。

彼女はアニメを観る。「好きだからわかってもらおうは傲慢」とセリフをメモする。ピンときてはいなかったがなんとなく覚えておかなければと思った。

彼女は生きるのをやめた。電車に飛び込んだのだ。飛び込む瞬間に、あーやっぱりまだだったかなと思った。そんなつもりはなかった。なんとなくの衝動だった。だけどやめてしまった。もうなにも覚えていなかった。

そして彼女は旅に出た。旅だけは変わらず好きだった。

初めての景色、匂い、音、色。ごつごつした岩場の隙間からピンク色をしたアザミが顔を出していて、彼女は懐かしい気持ちになった。そうだ、これだったとやっと安心することができた。久しぶりに呼吸をした。自分のことが、この世界が、好きなのかもしれない。彼女はそこからまた、始まりを始めることにした。

特別対談＝

尾崎世界観《おざき　せかいかん》

「書く」ということ

長濱が芸能界復帰を果たした『セブンルール』で〝同期〟としてメンバーに加わったのが、クリープハイプ・尾崎世界観だ。『ダ・ヴィンチ』ではエッセイ連載の先輩でもある尾崎から見た、長濱が書く文章の魅力とは。そして二人にとって、タレントやアーティスト活動を続ける中で「書く」ことへの思いとは。語り合ってもらった。

取材・文＝吉田大助

尾崎　こんないいエッセイに、尾崎世界観との対談なんて入れない方がいいですよ。
長濱　えっ!?（笑）
尾崎　作品に出てくるおーしゃんとの対談の方が読みたい。まあ、広い意味で言ったら自分の名前も一応「おーしゃん」ですけど。
長濱　確かに！「おーしゃん」は尾崎さんのことだったかもしれない（笑）。
尾崎　でも、声を掛けていただけてすごくありがたかったです。
長濱　編集さんから対談でどなたと会いたいですかと聞かれた時に、よそ行きではない自分を見せることができる方がいいなと思って。尾崎さんなら私もかっこつけずにお話しできるかな、と。文筆活動では大先輩ですけれど、「同期」ですし（笑）。
尾崎　同じタイミングで『セブンルール』（※様々な分野で活躍する女性に密着したドキュメンタリーと、VTRを観たスタジオのMC陣によるトークで構成されたフジテレビ系バラエティ番組）のレギュラーになったんですよね。年齢は離れているんだけど、「同期」だからってめちゃくちゃいじってくる（笑）。「クリープハイプのライブに行ったんですけど、尾崎さんめちゃくちゃキザなんですね」とか。
長濱　ふふふふ。
尾崎　「いや、それが仕事だから」って話をこの間したばっかり（笑）。二人がレギュラーになって最初のオンエアが二〇二〇年の七夕だったから、もうお会いして三年近く経ちますね。

長濱　『セブンルール』に尾崎さんと一緒に加わることができて、超心強かったです。他のMCの皆さんもスタッフの皆さんも、こんなに信頼できる人に出会えたことがないと思うくらい、今の活動を続けていくうえで拠り所になりました。この三月で番組が終わってしまって、心にぽっかりと穴が空いています。

尾崎　この間、久しぶりにみんなと会いましたよね。みんなベロンベロンに酔っ払っていて、楽しかったなぁ。他にないですよ、あんな繋がり。

長濱　私はアイドルを辞めた時、芸能界を引退しようと思っていました。先のことは何も考えずのんびり過ごしていたのですが、ある日『セブンルール』のオファーをいただいて。もしもオファーを断り、世間が思う自分に似たような人がMC席に座っていたらすごく悲しいし、大好きな『セブンルール』を観られなくなるのもイヤでした。のんびりした生活を捨ててでも、やりたいと思えるお仕事だったんです。

尾崎　「世間が思う自分に似たような人が……」のくだり、めちゃめちゃ分かります（笑）。

長濱　『ダ・ヴィンチ』でエッセイの連載を始めたのも、『セブンルール』がきっかけです。芸能活動に復帰するにあたり、自分は何がやりたいかなと考えた時、文章を書きたいなと思いました。『ダ・ヴィンチ』で尾崎さんが連載していたエッセイ（『泣きたくなるほど嬉しい日々に』）もずっと読んでいましたし、ここで書かせていただきたいですと自分で編集長に売り込みました。

尾崎　そうそう、最初にお会いした時にそんな話もしたような気がする。『ダ・ヴィンチ』のエッセイって、一回四〇〇〇字って、結構分量が多いじゃないですか。大変じゃないですか。

長濱　大変でした！　連載が始まって少ししてから、尾崎さんに相談させていただいたこともありました。その時に、「一本のエッセイの中で、一個目の話題はこれ、二個目はこれ、三個目は……というふうに話題を変えていくのはラクだけど、一個の話題を膨らませることが大事。その方が自分を鍛えられるよ」と連載中ずっと大切にしている言葉を掛けていただきました。

エッセイでは、嘘をついちゃいけないそう決めた場所があることは救いでした

尾崎　雑誌には載ったけれど、今回の本には入っていないエッセイも結構ありますよね。第一回の内容はよく覚えていたので、あれ、入ってないぞと気になりました。

長濱　本当はもっと削りたいくらいでした。読み返せば読み返すほど恥ずかしい感覚が増えてきて、イヤだなと思ってしまって。

尾崎　『セブンルール』の最終回の収録後にご飯を食べた時、「連載は本にしません」って言ってましたもんね。

長濱　恥ずかしさがピークの頃だったのかと(笑)。でも、次のステップに進むためには、

恥ずかしくても今の自分の記録をちゃんと残しておくのは大事かなと思いました。

尾崎　本当に面白かったですよ。おばあちゃんと東京旅行をした話（「おばあ in TOKYO」）とか最高に好きでしたね。まあ、おばあちゃんを使っていいエッセイにならなかったらダメだから。おばあちゃんと犬が出てきたらイヤでも良くなるもんだから。

長濱　バカにしてる！（笑）

尾崎　故郷の山内さんの話（「島の母」）も良かったですね。偶然入った居酒屋さんの話（「小さな島の居酒屋で」）も。ねるさんはいろんな人に出会っているんだなって思いました。周りの人に恵まれている。

長濱　確かに。

尾崎　あとはやっぱり、おーしゃん。ああいう感じで、地元の友達と付き合っていけるのがうらやましい。年齢の問題もあるかもしれないけれど、たぶんねるさんとおーしゃんはずっとこういう関係で行けるんだと思う。ほとんどの方がこの本を読んで共感することばかりだと思うんですけど、逆に自分にとっての新鮮な出来事とか、新鮮な感情をいっぱい体験させてもらった印象がありますね。

長濱　ありがとうございます。尾崎さんに読んでいただくのは、雑魚いやつって思われたらどうしようと、ちょっと怖くて（笑）。

尾崎　不思議でとても魅力的な文体なんですよ。読みやすいとも言えるし、隙がないとも言える。内容にめちゃくちゃ変わった仕掛けがあるわけでもないのに、どんどん読みたくなるんです。このエッセイを書く時、何か意識していたことはありますか？

長濱　かっこつけないようにというか、いい人ぶらないようにしなくてはと思いながら書いていました。たとえば意地悪な人に出会ったことを書くとすると、その人をフォローする文章を一行入れておいた方がいいなとかつい考えてしまうんですけど、「それを書いたら嘘になる。書いちゃダメだ」と。このエッセイでは、絶対嘘をついちゃいけないと決めていました。

尾崎　それはすごいな。

長濱　ここで嘘をついたら、『ダ・ヴィンチ』の読者さんはきっと見破るし冷めてしまうはずだと思って。普段はめっちゃ嘘をついていますけど（笑）。尾崎さんにも「本は出ない」と言っちゃいましたし。

尾崎　それは結果的に、ね。つかなきゃいけない嘘もあるだろうし。

長濱　書くことと正反対だなと思うのが、お芝居です。お芝居は、自分の気持ちと関係なく役として泣かなきゃいけなかったり爆笑しなきゃいけなかったり、自分の気持ちに嘘をつき続けなくてはいけない。やりたいからやっていることなんですけど、嘘をつき続けているとしんどいなと思うことがあります。だからこそ、正直でいなければいけないと決めた場所があることは、私にとって救いでした。

外に繋がることではなく内側に向かうことこそが表現

尾崎　「フィクション」というタイトルの文

章は、もう短編小説でしたよね。ちょっと怖いというか、ゾクッとするような感覚が入り込んでくる。あれも面白かった。書くことの喜びって、自分の気持ちを丁寧に言葉にして、読んでいる人にそれが伝わったり共感してもらったりすることだけではないじゃないですか。だから突き放すというか、読んでいる人を刺すような気持ちで文章を書くことが結構あるんですよね。その感覚が「フィクション」にもあって、とてもいいなと思いました。あれはどういうきっかけで書くことになったんですか？

長濱　あの回はたまたまお仕事で移動する機会が多く、移動中に小説をたくさん読んでいたら自分でも書いてみたいな、と。携帯のメモにとびとびで書いていったものを、一本にまとめてみました。

尾崎　小説、もっと読んでみたいなぁ。

長濱　小説も書かれている尾崎さんにそう言っていただけると、すごく嬉しいです。エッセイでは嘘を書かないと決めているからこそ、知られたくないことは書きませんでした。めっちゃ怒ったり、自分は醜いなって感じたことをオブラートに包むと嘘になるし、そのまま出すと読めたものではなくなってしまう（苦笑）。そこにフィクションという枠を付ければ、より生々しいことを書けそうな気がしています。尾崎さんが、小説を書くきっかけはなんでしたか？

尾崎　小説は、バンドがうまくいっていなかった時期に、逃げで書き始めたんです（※二〇一六年六月刊のデビュー作『祐介』）。短い歌詞の中であれば自分の気持ちを表現できるけれど、小説は長さも書き方もなんでもアリで、そんな広い場所で文章を書いてみたら、自分が何もできないことに気付いて悔しかったんですよね。今もずっとその感覚はあって。自分が好きだけどできないことって、小説を書くことだけなんですよ。だから書き続けています。

長濱 好きだけどできないこと。

尾崎 そう。できないことがないと、つまらないじゃないですか。他のミュージシャンを見ていても「この人、できることしかやってないな」と思うと魅力を感じない。できないこと、それも好きだけどできないことをやっていたいから、自分の人生にとって小説を書くことは絶対に必要ですね。

長濱 尾崎さんはきっと、自分を内に内に見つめていっちゃう、考えてしまうタイプだと感じるのですが、どうして表現が好きなんですか？　表現は外に向かっていくものというイメージがあるので、そことのギャップでしんどくなりそうだなと思ってしまいます。

尾崎 なんでなんだろう……。内側に向けて潜っていくことが表現だと思っているんでしょうね。外と繋がるよりも、自分をさらけ出すことが表現だと思っている。

長濱 今日は、尾崎さんとお話ができて本当に良かったです。私は表現することが苦手だと思っていましたが、内に潜る作業を表現と呼んでいいのだと知ったら、希望になりました。

尾崎 （空中に視線を飛ばしながら）自分を

信じろ。
長濱　アニキ！（笑）
尾崎　（視線を反対方向に飛ばしながら）お前が一番、お前を信じなきゃいけないんだ！
長濱　私はたぶん、自分のことが好きなんだと思うんです。自分が好きで自分の可能性をあきらめきれなくて、理想に少しでも近づきたいと思うから、たとえどんなにしんどいことがあっても生きることを止められないんです。
尾崎　エッセイを書くって、自分が好きじゃないと絶対に無理ですからね。書き続けているのは、ちゃんとそういう感覚でいられている証でもある。
長濱　書き続けます。アニキには意地悪も言えるけど、実はアニキの言うことをとっても聞いていて、影響をすごく受けています。そんな人は尾崎さん以外いないですし、勝手に信頼しています。これからもよろしくお願いします！

おざき・せかいかん　1984年、東京都生まれ。2001年結成のロックバンド「クリープハイプ」のヴォーカル・ギター。12年、アルバム『死ぬまで一生愛されてると思ってたよ』でメジャーデビュー。16年初小説『祐介』を刊行。21年、小説『母影』が第164回芥川賞の候補作に選出された。その他の作品に『泣きたくなるほど嬉しい日々に』『私語と』など。

蜂地獄からの生還

少年誌の撮影で新潟を訪れた。撮影が久しぶりということもあり私は気構えて挑んでいたのだが、スムーズに進んだ。

二日目のお昼。オフシーズンで貸切状態だった旅館にて贅沢な朝ご飯を堪能した後、私たち一行はロケバスに揺られ次のロケ地に向かっていた。編集さんはロケハンした時の写真をみんなに見せながら「ここ、めちゃくちゃいいんですよ！」と熱弁している。今は使われていない無人駅らしい。私は窓を流れる今にも破裂しそうな稲穂に夢中で、みちみちに膨らんだそれらを眺めながら「米どころ」という言葉を何度も頭の中で呟いていた。

今回撮影してくれる写真家の梅佳代さんとはご一緒するのが初めてだった。梅さんの写真は、以前から何度も拝見したことがあり、撮影してもらえるのは光栄だった。実際にレンズを向けられると、驚くほど無垢な方であった。

ついついキメ顔をする私に、「はい、じゃあそこで妖精のポーズ」「次は忍者のポーズ」「その木の枝使ってボケてみて」というように容赦がなかった。私が七年ほどかけパッケージ化したキメ顔（安全顔？）をするすると剥ぎ取られとても戸惑った。こうなったら私にできることは、梅さんに委《ゆだ》ねて要望に最大限応《こた》えることだけである。梅さんは、今回のチームの全員と初対面のようだったが、撮影が始まると五分足らずでいとも簡単に我々の心を掴んだ。本当に自由な羽の生えた少女のような方だった。

夕食時、向かいに座った梅さんは自分は根明だと話していた。それを聞いた編集さんが「人ってほぼみんな根暗ですもんね。梅さんは珍しいですよ」と返していたのだが、編集さんがのちに続けた、「雨が降ると雨の境界線を探してしまう。若い頃は雨と晴れの境目に行きたくて自転車を漕いだものだ」みたいな思い出話を聞いて、編集さんも十分明るいのでは？　と思った。根暗な人がそんな新海《しんかい》誠《まこと》監督作品みたいなことをするのかな。そう思っていると、隣のメイクさんが全く同じことを代弁してくれたので、私も加勢した。

結果的に根暗か根明かはボーダーがよくわからないという話で落ち着いた。人はみんな両面あるものだし。すると梅さんが「私はさくらももこ先生リスペクトだから」と言った。その場にいるみんながピンときたのだろう。「そうだ！この屈託のなさは完全に『ちびまる子ちゃん』の世界観だ！」そう言った。「そりゃそうよ、私はさくら先生が大好きで、小学生の頃なんか、クラスでさくら先生の本を読んでは笑いすぎでしょっちゅうおしっこちびってたよ」「ガーンが私の口癖だからうちの子供にもうつって、ガーンって言うようになったし」と応えた。

梅さんはガーンと言いながら三本指で額あたりをなぞり、物理的に縦線を出現させていた。さくら先生は本当に素晴らしいと語る梅さんに乗っかり、我々も思い思いのさくら先生エピソードに花を咲かせた。

梅さんが以前写真賞を受賞した際、大御所の審査員の方に「この写真の明るさの中には深い暗闇が潜んでいる。撮ったのは暗い人間だろう」などと評されたという。梅さん自身はそんなに深く考えていなかった&自分が明るい人間であることに申し訳なくなり、友達に話してみたところ、そこまで深読みしてもらえるのはラッキーじゃんと言われ気を取り直した、とのことだった。梅さんの友人まで気持ちがいい方で、夕食が終わる頃には全員が梅さんの虜《とりこ》になっていた。

✸

話は戻ってロケバスの中。私はお土産屋さんでメイクさんから借りたお金を返すために、その方が使う電子決済サービスへの登録を試みていた。運転免許証を本人確認書類として提出できるようになったことに感慨深さを感じながら（先日免許が取得できた！）作業を続ける。

なにやら車内が盛り上がっているのが聞こえてきたが、私は、スマホのカメラに自分の顔を入れて360度くるっと回転させてくださいやら、免許証の薄さを確認させてくださいやら（カードを傾けて写真撮るやつ）で忙しくしていた。

ぎゃっはっはっはっはっ。無邪気な笑い声に顔をあげると、フロントガラスの向こうからパンツ一丁でこちらに走ってくる編集さんが見えた。状況が把握できないまま、ガハハハハハという笑い声につられて可笑しくなる。

こっち！　こっち！　と梅さんが嬉しそうに声をあげる。姿が手のひら大まで大きくなった頃、ロケバスのドライバーさんが外に出迎えに行った。編集さんは恥ずかしそうに、でも焦った様子で、ドライバーさんの背中に隠れて戻ってきた。どうやら、森の奥におすすめの無人駅があり確認しに行ったそうなのだが、道中の蜂の巣に気づかず進んでしまい踏んでしまった。荒れ狂った蜂たちがズボンの中に入ってきたので、慌ててズボンを脱ぎぶん回しながら戻ってきたということだった。

まだ追っかけてきている蜂たちがいるかもしれないと、車内から恐る恐る状況を把握する。足を二箇所刺された挙句、途中でぶん回していたズボンを落としてきてしまった、そこには携帯も入っているのであの蜂地獄にまた戻らなければならない、とドライバーさんが伝言してくれた。窓ガラス越しに見える編集さんのしょんぼりした背中とそこから漂う情けない哀愁に、申し訳ないが私たちはめちゃくちゃ笑った。

しかしあのズボンを救出しに行かなければならない。地元の人なら蜂に刺された時用の毒出しなど何か持っているかもしれない、とドライバーさんが80 mほど離れた民家に尋ねに行った。

するとぞろぞろと三人ぐらいのおばあちゃんが出てきてくれる。私たちは想定外のことにちょっとワクワクしながら、相変わらず安全地帯から見守っていた。少しして帰ってきたドライバーさんは、扉を少し開けると「ズボン取りに行ってきます」と言った。大真面目な頼もしい顔をしていて、それが面白さを何倍にも助長させた。

外ですっかり意気消沈する編集さんを助けたいと「私雨ガッパ持ってますよ」「あ、私ガムテープあります」と車内も一致団結しズボン奪還作戦に燃えた。完全装備になったドライバーさんは、先ほど近所の皆様から調達させていただいた蜂避《よ》けスプレーを両手に森の奥に消えていった。私の頭の中では『アルマゲドン』のあの音楽が流れていた。二、三分もせずに走って戻ってきたドライバーさんの肩には、しっかりとズボンがかけられている。あまりにかっこいい勇者のご帰還に、車内には大喝采が響いた。それから、意味がわからないこの状況にみんなでまたウケた。

そのまま病院に向かおうと、まだ落ち込んでいる編集さんをバスに乗せていると、近くに止まっていた車からおばあちゃんと小学生くらいの女の子が降りてきた。編集さんになにやら大きな身振り手振りで話しているおばあちゃんの横に立つ、おとなしそうな女の子に目が奪われる。ここの辺りの住人さんだったのだろう、傍の家に入り何かを持ってきてくれた。編集さんは助手席に乗り込むと、頂いたのは〝キンカン〟で、どうやら耳が聞こえないおばあちゃんの隣で女の子が通訳してくれていたのだと教えてくれた。患部にすぐにキンカンを塗ってもらい、車が出発した。

私は最後の優しいお二人の姿が頭から離れず、彼女たちの生活に想いを馳せていた。

ぐったりしている編集さんに皆が心配そうな声をかける。蜂に二度刺されると死に至ることもあるらしいし……。そんな中、編集さんがぽつりと「僕のパンツ姿みんなに見られましたかね？」と呟いた。「そっち？」「もう忘れとったわ」的外れなポイントで落ち込んでいた編集さんに車内はまた盛り上がりを取り戻した。

梅さんが能登弁《のと》で続ける。「ほんとカオスやったよ。あんたは情けない顔でパンツ一丁でこっちに向かって走ってくるし、イケダさんはクールに突っ込みながら煎餅食べるの止めんし、ねるちゃんはなんか携帯に向かって顔クルクル回してたし、あんたが戻ってきても誰もドアは開けず締め出すしさ」そう言ってケラケラと笑った。

大事件があった修学旅行の帰りのように、みんながそれぞれ話す中、梅さんがこう言った。「さくら先生ならこのこともすごく面白く書いてくれるんやろうにな」

✸

それから一ヶ月ほど経ち、いつも通りエッセイの締め切りが近付いた頃、ふとその一言を思い出した。さくら先生の目にはこの世界はどう映っていたんだろう。書いてみたけれど、やっぱりさくら先生の文章で読んでみたいなと思った。

ずらしたい事件

最近の不思議なこと、私はワールドカップが観られない。よく言われる理由として、時間帯が深夜だから、サッカーに興味がないから等があるのだろうが、そのどれにも当てはまっていない。むしろ夜更かしは普段通りだし、つい先日『ブルーロック』という漫画を知り最新刊まで一気読みしたので、サッカー熱はほかほかである。

まあ具体的にいうと、観られないのは、日本戦に限る。朝四時ごろに放送されている他国VS他国の試合はトータル四試合くらい観た。それなのに、なぜか日本が出ているると観ることが〃出来ない〃のだ。

自分でも理解し難いこの奇妙な感情をどうにか紐解いてみよう。第一候補として挙げられるのは、日本戦だとより気持ちが入るため、勝敗が気になり落ち着いていられないから。昔からだが、先が見えないスリル感が苦手で、巧妙なミステリー作品や出身県の代表校が出場する甲子園の試合などは、結末を知ってからじゃないと楽しめない。だから『刑事コロンボ』や『古畑任三郎』を筆頭とする倒叙ミステリーに慣れ親しんできた。嫌なハラハラを（それが醍醐味なんだろうけど）感じずに済む。

しかし、今回のW杯においてはそれとも違うようだった。試合後結果がわかってからでも、トレンドを埋め尽くすW杯関連のツイートをどうしても読めなかったし、その話題で持ちきりの現場では、なんだかソワソワして全く関係ないものに思考を飛ばしたりしていた。

いったいこの現象は何だ……。熱くなれていないのは、日本中で自分だけの気がして不安に駆られた。とはいっても、楽屋で流れる夕方のニュースから情報を得、話題になった「対スペイン戦でのVAR」については3Dで解説する動画も確認した。続く夜のサッカー特番での世界のスーパープレー集には、「ひえ〜人間離れした技〜」と釘付けになった。だが、夜中にみんなが一致団結する日本の試合だけはどうしても手が出せなかったのだ。

✸

その時期、ふかわりょうさんとお会いする機会があった。ふかわさんの新刊『ひとりで生きると決めたんだ』の発売を記念した対談だった。私が「アイスランド好きという共通点から、過去の書籍を読ませていただいていたんです」と自己紹介すると、アイスランドきっかけだとは思っていなかったらしく、とても喜んでくれ、壁を二枚ほど取っ払ってくれた気がした。

ふかわさんの言う〝ひつまぶしの食べ方において、薬味を追加するだけのステップ二って薄くないか？〟に共感し、体育祭での円陣、同窓会での肩組み合唱への馴染めなさで意気投合した。ふかわさんの著書の中に『世の中と足並みがそろわない』というタイトルの本があり、その話題になった時私はあることに気づいた。未《いま》だ解明できていない、W杯に対する自分への違和感——ひょっとして私は「世の中と足並みを〝ずらしたい〟」のか。一度そう思ってしまうと、途端に巨大な恐怖に襲われた。天邪鬼《あまのじゃく》なのは重々自覚していたはずだが、こんなビッグイベント中にもそんな自我を出してしまうなんて。みんなが熱くなっていると避けてしまう……。これが原因だとしたら自意識モンスターすぎて恥ずかしいし、あまりに格が違いすぎている。学校行事ならまだしも、地球全体を巻き込んでいるワールドカップである。そんなのに拒否反応を起こしているのならば、血の滲む努力を続け、国を背負ったプレッシャーを抱えながら夢と希望を与えてくれる皆さんに失礼も甚だしすぎる。本当にそうだったらどうしよう。めちゃくちゃダサい自分を確定させるのが怖くて、今も怯えているのだ。

✸

仮に〝世の中と足並みをずらしたい〟という欲求を私が持っているとしても、それを成し遂げるには相当の精神力と遂行力が必要だと思う。きっと生半可な気持ちじゃ達成できない。

ここ数年で〝セルフラブ〟という言葉が広く浸透した。自分を愛しましょう。ありのままの自分を受け入れましょう。心の健康を保つために重要だと多くの人

の共感を得ている。私もその一人だ。セルフラブ、セルフハグ。確実にその心持ちの方が人に優しくなれる。

しかし同時に、潜む落とし穴も気になってならないのだ。私はあらゆる場所で「一人でいるのが好きです」と発言してきた。メディアに載る載らない関係なく、初めて会った人にもそう自分を説明してきた。そしてそれは真実だ。一人でいる時間が心から好きで、テレビ局でも事務所でも家でも、トイレに籠っている時間が一番安心できる。事務所のトイレでは幾度となく食事もした。あのちょうどいい個室感、トイレ以外には見つからないのだ。

しかし、〝一人でいるのが好きな自分〟を好きでいる。自分のありのままを受け入れる。それって強固な自我になりかねないと思うのだ。

先日、地方ロケにて初めて会うスタッフさんが昼食用にカフェを予約しておいてくださった。「お弁当はないので、お腹が空《す》いていましたらここのカフェで食べてください」それを聞いた皆さんはぞろぞろとバスを降りていった。五十代半ばの男性カメラマンさんはヴィーガンということで一人別のお店に行った。その姿を見送っていると、「ねるさんはどうします?」とディレクターさんが待ってくださっていた。

一瞬、大勢でテーブルを囲んでいる姿を想像し、少し胃が痛くなったので「あ、すみません。まだお腹空いていないのでロケバスにいます」と伝え、一人残った。自分の気持ちに素直に従ったはずだったが、あっという間にロケバス内は私から放出される罪悪感で息苦しくなった。今の絶対ミスチョイス……あの方がわざわざ事前にカフェを調べて見つけてくれていたんだろうし……。一人リラックスするはずが、ぐるぐるとそればかり考えていた。

いつからか、自分の気持ちを人に伝えることこそが、正直で素直なあるべき姿だと優先させてきた私は、それの持つ暴力性（一方通行感？　言われた方は為《な》す術《すべ》なしというか）に気づかずにいたのかもしれない。ありのままでいることをずいぶんと自己中心的に捉えてしまっていたのだろう。セルフラブしたって近くの人を傷つけてしまっていたら元も子もない。「一人が好きなんで」も仲良くなろうとしてくれる人に〝入ってくるな〟という牽制になってしまっていたのではないか。「友達がいなくて」も友達だと思ってくれている人を大きく傷つけてしまってきたのだ。自分のしたいようにします！　は相手の入る隙をなくすことにもなりかねない。

（多分）世の中と足並みをずらしたい自分と向き合いつつ、だけど誰のことも傷つけることがないよう、変な自我と折り合いのつけ方を探っていきたい。

参拝

十二月、都内のある神社にお参りに行った。そこは十代の頃に住んでいた街で、当時散歩中に見つけたのだった。地元にも馴染みの神社がない私は、神社自体への興味は薄いのだが、そこは上京後初めて見つけた秘密基地みたいですぐに気に入った。木々に囲まれた赤い本殿を眺めていると、向こうも私を見ている気がしてそれが奇妙で心地よかった。引っ越してからも気が向くとふらっと訪ねていた。

私はたぶん無宗教である。祖母の家で法事に参列していたのでなんとなく仏教なのかと考えたこともあるが、一方で五島列島ではキリスト教系の保育園に通っていた。その保育園では、登園したらマリア像に挨拶をし、その後もありとあらゆる場面で〝祈りの言葉〟を唱えた。何百何千と口にしたはずの、アーメンで終わるその言葉はもうすっかり忘れてしまっているのだが、当時何度も諭された〝良いことも悪いことも自分が全部見ているから誠実に生きましょう〟や〝困っている人がいたら助けましょう〟的な考えは、今でも多分無意識下で自分に影響を及ぼし続けている。

中学二年生でアメリカでホームステイした際にホストシスターの洗礼に立ち会ったこともあった。ホストファミリーは四姉妹で、彼女は末っ子だった。

九歳の誕生日当日、お昼過ぎに家族全員で出発した。中学英語のみで海を渡ってきてしまった私は、この日もどこに向かっているのかわかっていなかった。

教会に到着したので、日曜日じゃないことを確かめ、不思議に思いながらみんなの後を追った。九歳の彼女だけ別部屋に連れて行かれ、残された我々は雑談をしながら待った（今思うとあんな拙い英語でどうやって雑談を繰り広げられていたんだろう。中二の夏、私はhave to~さえ知らなかった）。少しするとみんなが移動し始めたので、私も慌てて立ち上がる。ついた場所は厚いガラスの前で、仕切られた向こう側はプールのようになっていた。そこに真っ白な服に身を包んだ彼女が神父さんと立っていた。かぽっと被《かぶ》る給食着みたいだった。「No,photos」と家族に念押しされ、私も肩に力が入る。黙って見学していると、彼女は一歩ずつゆっくり水の中に入り、しまいには頭まで潜ってしまった。全身浸かると神父さんがすぐにプールの外に引き上げた。家族が「Congratulations!」と称《たた》えていた。私も一緒に手を叩いておいた。

帰りの車中で、ホストシスターの姉が今見たものを詳しく説明してくれた。全部は難しかったが、Google翻訳の画面に〝洗礼〟と書いてあって、厳かで大切な儀式に立ち会わせてもらったんだということだけは理解できた。

そんな経験もあってか、いつの間にか私の中に、神様仏様の概念が存在している。何かあった時咄嗟に「神様、お願いします！」と願ってしまうのもそれが所以なのだろうか。

先日『カーサ ブルータス』の取材で五島列島の教会を巡った際にも、神様を感じる瞬間があった。五島は潜伏キリシタンの影響もあり、華美なものが少なく、信仰心の強い島民によって丁寧に建てられた教会が多い。質素な木製の外壁に、淡いステンドグラス、そこからふりそそぐ細い一筋の光。当時の島民の想いが細部まで込められていた。これが自分のルーツだと深く感銘を受け、得体の知れない何かに沁々《しみじみ》と納得させられた。

そして、なぜか東京の秘密基地神社を思った。

✸

年末に訪れた秘密基地神社は、二年ぶりくらいだった。ここ二年ほどは、目に入る占い一つにも左右されてしまうくらい、自信を失い何をするにも不安が付き纏っていた。どんなに頼りなくてもいいからと心の支柱を探していた。朝の情報番組によるラッキーアイテムでさえも目に入ってしまうと、その日一日携帯していなければ不幸な出来事が起こってしまいそうで怖かった。

神社も同様に、足繁《あししげ》く通えなくなるとバチが当たるんじゃないか。そう怯え、安易に近寄れなくなってしまっていたのだ。

以前それについて友人に相談したことがある。お互いにお酒を飲んでいて、軽

い気持ちで口に出してみた。「何かを頼ってしまうとそれを頼れなくなった時に、一気に悪い方に引っ張られる気がするんだよね。友人関係にもそれは当てはまって、疎遠になって悲しい思いするくらいなら、最初から仲良くならなければよかったのになって思っちゃう派なんだよね」そう言う私に、そんな派閥ないわと突っ込む彼女は続けてこう言った。「神社はね、タバコと一緒だよ。行けば気休

めにはなるけど、行けなくなったら不安になるじゃん」……。「行った時でさえ、何が効いているかは明確にはわからなくない？　それならばむしろ吸っていなかった頃の方が平和じゃんか」

一見暴論のような非喫煙者による言葉は、少し酔った非喫煙者の私にしっくりきていた。神社参拝を喫煙に置き換えるとはなんとも彼女らしく可笑しくて、私は確かに救われた。

更に、ここ半年くらいは脳に情報を摂取させるのが億劫で、読書や映画鑑賞を楽しむ時間もぐんと減った。代わりに、YouTubeで「あたしンちファンが選ぶ！

人気エピソードベスト50」をひたすら見続ける日々であった。七時間あるその動画は、過去のアニメのエピソードを公式がテーマに沿ってまとめてくれている。新しい情報は得たくない&無駄に感情を掻き乱されたくない、その要望に『あたしンち』は完璧に応えてくれた。

ヘッドホンの音量設定もずいぶん大きくなった。以前はどちらかというと大きな音は苦手で、家のテレビも音量二に設定し、微《かす》かに聞こえる音（ほぼ無音）と字幕で楽しんでいた。嫌いだったはずが、いつからか大きな音を欲するようになった。音がないと過去の失敗や声が浮かんでくる。沈めても沈めても顔を出すそれらをかき消すために、もっと上回るノイズが必要だった。目一杯メモリをあげ、音に縋った。うるさければうるさいほど安心した。

✸

誰もいない境内で長いことぼーっと過ごした。じっくりと自分を直視し省みるのは相当久しぶりだった。真正面から見据えてみると、その一つ一つが意外と小さなことに思え、ちょっとだけ体が軽くなった。

今年も終わるんだ。

こんな時間をずっと欲していたんだと、ようやく気づく。


更に暫《しばら》くして、財布に入っていた古いお守りを返納し新しいお守りを買った。いくつかある中で、私は厄払いを選んだ。ついでに初めてお札も買ってみた。

帰り道、無性に部屋を掃除したい気分に駆られ、そのままハンズによって掃除グッズを衝動にまかせてたくさん揃えた。次の日になってもまだそのモチベーションが生きていたので、朝から窓を拭いたりものを捨てたり、大掃除をした。

そして部屋がピカピカになってから、本棚の上に買ったばかりのお札をそーっと飾った。それだけで、あの神社に行った意味があった気がして嬉しくなった。

祈っても祈らなくても、自分次第で選択できる。それを知った上でも、自分にとって何かに想いを馳せるのは大切なことなのだと確かめられた。

友達がいてくれるだけで

最近、おーしゃんとお鮨屋さんに行った。昨年末二人で忘年会をした焼肉屋さんにて、おーしゃんがゲットした食事券の話を聞いていた。「え〜、彼氏と行きなよ〜」と勧めてみていたが、おーしゃんが「ねるそんと行きたい」と言ってくれたので、お言葉に甘えて同行させてもらうことにした。

現地集合で辿り着いたその店は、扉を開けるなり着物を纏った上品な店員さんが待ち構えていた。エレベーターに案内され、その方と二人きりになった。急な密室が少し気まずく、壁の案内図を見ていると、この五階建てのビル全てがこのお店であることに気づいた。二階で降り、案内の店員さんがバトンタッチされる。先に着いていたおーしゃんは、カウンターに座っていた。一階がカウンターで二階にはお座敷……のイメージがあった私は、二階なのにカウンターが待ち構えていて面食らった。確か一階にもカウンターがあった気がする。もしかしたら全部の階、目の前で握ってくれるカウンター型なのかもしれない。一つのカウンターに鮨職人が二、三人だとして、2×5＝10。少なくともこのビルには十人以上鮨職人が存在していることになる。思ったより大企業？　と靴を脱いだ（掘り炬燵《ごたつ》カウンター）。こういう日に限ってロングブーツを履いてきてしまい手こずりがちだ。この日もやっと脱ぎおえると、おーしゃんが振り返り安堵の笑顔を見せた。待ったよね、ごめんよ、と言いかけたところで、店員さんに「上着お預かりします」と声をかけられる。私は頑《かたく》なに断り、おーしゃんの隣に腰を下ろし、上着は自分の膝にかけた。店員さんは少し不思議そうな顔をしたが、すぐに笑顔に戻り、我々に飲み物を尋ねた。

つい一週間前に会ったばかりのおーしゃんだったのだが話したいことは山ほど溜まっていて、うずうずしていた。即決でハイボールとＲＯＫＵ（おーしゃんのジン）を頼み、この一週間で更新された情報を共有していった。おーしゃんとは話が合うので、会話がとても楽しい。こんなことがあったけどさ……誰にも言えない日々のモヤモヤを打ち明けていく。おーしゃんはまず、私を全肯定してくれる。これが嬉しい。おーしゃんの言葉に安心してお酒を飲む。

一緒にいると意識が高くなれる友達、新しい世界を教えてくれる友達、時にライバルで切磋琢磨し合える友達。いろんな種類の〝友達〟が世には存在するが、私が一番安心するのは〝共感してくれる友達〟で、もっと言えば〝一緒に愚痴を言ってくれる友達〟である。一緒に怒ってくれたり、悔しがってくれたり、泣いてくれたり。大人になった今、この学生気分のまま甘ったれられる友は貴重なのだ。上司のこととか彼氏のこととか、たまに二人でけちょんけちょんに言うこの瞬間がどうしようもなく癒《い》やしなのだ。同じ熱量で話してくれる、それが私にとっては何よりの幸福で。この二人だけの時間があるからこそ、外ではぐっと我慢したり受け流したりできる。

その上、おーしゃんは散々共感してくれた後に彼女なりの見解も付け加えてくれるので、その時にはすっかり私も溜飲が下がっていて、「確かに私のあれも悪かったかー」と素直に受け入れられるのだ。

おーしゃんがいる人生はなんて心強いんだとこの夜も噛み締めていた。多分彼女に出会えていなかったら、私はきっと皮肉人間になっていただろうし、嫌なことには嫌なことを！　と反撃していたかもしれない。そんな自分も私の中に間違いなく存在している。でもおーしゃんのおかげで、基本的に悪意の仕返しをすることもなく、大半は平和に平常心で過ごせているのである。定期的に会わないとガス欠になってしまい走れない。おーしゃんはガソリンスタンドだ。そして、私もおーしゃんのガソリンスタンドでありたい。

✸

お鮨屋さんで極上ネタを一貫ずつ握ってもらいながら、会話の内容はフードコートで駄弁《だべ》っていた高校時代のままだった。話しても話しても、話題が湧いてくる。お酒もぐいぐい進んだ。時間制の席だったので上品な店員さんに上品な言い方で会計を促され、いそいそとお食事券で支払い、席を立った。お店を出るなり私は、上着に付きっぱなしの値札を見せ、冒頭の謎の頑固態度を釈明した。

「あんなにお酒飲んだのに全然酔っぱらわなかったよね。やっぱりいいお酒だから？　それとも我々がしょぼ客だからお酒薄められてたかな」と、銀座の街を爆音でエンジンをふかせながら走るスポーツカーに時折遮られながら、私たちはヤイヤイ話し続けていた。

お鮨の後はそのまま映画館に向かった。おーしゃんとは趣味まで合う。この日は前々から楽しみにしていた『ＲＲＲ』をＩＭＡＸにて鑑賞。とにかく凄い！面白い！　三時間もあるど迫力アクションインド映画！　というアバウトな前情報にソワソワしていた。いつもは真ん中の後方席がお決まりの私たちもこの日は超満員だったので左端に追いやられた。公開されてから二ヶ月以上経っていたのに相当な人気だ。

『ＲＲＲ』、詳しく記すのは慎むがそれはそれは無茶苦茶にパワー系映画だった。観た方にはきっとわかってもらえるはずだが、なかやまきんに君みたいな映画だった。壮大すぎる映画体験についていけず、我々は暫《しばら》く爆笑した。早く今観たものを一つ一つ埋め合わせていかないと、放心状態のままインドの地から抜け出せなそうだった。Netflix全十五話のドラマを一気見した感じ。内容はきんに君。

普段映画館で感じることのないレベルの疲労感と、それを凌駕する満足感であった。映画のそもそもの本筋から全く関係ない小ネタまで細かく共有していく。こういうときのおーしゃんの喩《たと》えがいつも秀逸で、おーしゃんの副音声ありでもう一度観たいなと思った。

最後はプリクラでしめて、解散した。一人電車に揺られながら、友達がいてくれるだけでこんなに人生が鮮やかになるのか……。と思いを馳せた。おーしゃんとの出会いは高校時代、偶然同じ家庭科部に入部し仲良くなった。たまたま最初のクラスで席が近かったから。会社に入った時にレクリエーションで同じ班だったから。趣味・性格・生い立ちなどの情報がない状態で出会うのに、その後一生支え合える関係が築けるのだ。

そう思うと、人類皆ある程度は誰とでも仲良くなれるんじゃないか。少々タイプが違っても、互いがゆっくりと形を変えながら一致していく。多分そうやると、分かり合えないと思っている事柄が、人たちが、世界が、少し違って見える気がするのだ。身の回りから世界平和への道を拓《ひら》いていきたい。いつも通り大きな話に意識を飛ばしていたら、あっという間に降りる駅に到着していた。

イマジン

最近抱えているある悩みを先輩に打ち明けてみた。

「理性って何なんですか。目に見えない何かが自分を抑制しているけれど、自分自身それの正体がわからないから、いつか理性が急に消えてしまうんじゃないかって怖いんです」

暮らしの中でなんとなく目にしているニュース、たまに流れてくる極悪非道な事件。なぜそんなことをしたのか、何の疑いも持たず不思議がっている自分を、不思議に思った。

小学生の頃からなんとなく駄目だって教わってきたこと――例えば、二十歳になるまでお酒を飲んではいけないとか、体を壊すから麻薬を使っちゃいけないとか（どちらも法で定められているから普通に守らなきゃアウトなのはわかる）、当たり前に駄目だと知っていることだけれど、自分はなぜ何事もなく守ってこられたんだろうか。不安になるのだ。

今は友達の目や世間の目など、色々なものが抑止力になっているけれど、それが何もなくなった時に自分がなんでもできてしまいそうな気がするのだ。それはあまりに恐ろしい想像である。自分の中の何が、私の理性を司《つかさど》っているんだろう。過去に言われた教訓？　実際に目にした他人の失敗？　考えてみてもやはり実体はないのだ。

先日、オーストラリアに留学していた友達からこんな話を聞いた。「日本でバイトしていた時はさ、お客さんがいなくても、何か出来ることないか仕事探して真面目にレジに立っていたんだけど、向こうでバイトしてみると全然違うんだよ。お客さんがいない時は、バイトのみんなでレジの隣にお菓子広げて食べるし、先輩は「TikTok撮影を始めるし、本当に驚いた」と。

私が客として店に入った時に、慌ててレジ横に広げたお菓子をバタバタ片付けられたら、少し面食らって戸惑いそうだが、それが普通だったらいつの間にか私も慣れて馴染むのだろう。

その話を聞いて、自分の中に日本人的な感覚があることに気づいた。一本道の開けた道路で全く車通りのないことが明らかでも、歩行者用信号が赤色だったら渡らずに青を待ってしまう。ほとんど人が乗っていないガラガラの電車であっても、優先席に座るのはやっぱり避けてしまう。

これを日本人的な感覚とまとめるのも的外れな気がするが、ではなんなのだろう。ある種の思考停止とも言えそうだ。その時の状況を受けて判断することを放棄し、誰かが唱えたルールをただ守っている。逆に、日本で財布を落としても現金が入ったまま本人の手元に戻ってくることが多いのは、その感性の長所ともいえるのだろうか。各々のおぼろげな〝正しい〟を判断材料にして、我々は守られているのかもしれない。

これは理性というか、モラルの話な気もする。

モラルも分かりやすく明文化されているわけじゃないので、どこで線引きしているのか自分でも曖昧だが、モラルだとかリテラシーだとかは漠然と守っているつもりである。感覚的に判断しているので他人と共通しているとも思わないが、モラルを犯している人を見るとちゃんと残念な気持ちになってしまう。それが人に迷惑かけていたりすると尚更《なおさら》嫌な気分になる。寿司《すし》ペロ事件（この通称も嫌だが！）などは無理すぎて、数日かけて落ち込んだりした。

迷惑をかけなければ好き勝手してもいいんじゃないかと思うけど、そもそもなぜ人に迷惑をかけちゃいけないのかと大前提にさえ疑問を持ってしまうので、自分の不安を紐解くのに時間がかかる。突飛な考えに頭を抱えたまま、しばらく時間が経つと、まぁ自分のせいで誰かが嫌な気持ちをしたり、誰かの足を引っ張ったりするのは単純によくないなと納得する。さっきまでその〝単純に〟の部分をぐるぐるしていたのに、少し落ち着くとそのアバウトさも呑《の》み込んでしまう。

かといって過敏になりすぎるのも不健康に思う。車の中での写真には「シートベルト着用しないといけませんよ」。街中での写真には「マスクしていないとだめですよ」。どこからか、インターネットという大海を取り締まるパトロール隊が現れ、指摘が入る。自分に対してだと、あっ配慮が足りなかったかと受け入れることができるのだが、自分も通りすがりの通行人Aとしてその検挙に遭遇してしまうと、ため息が出る。

Imagine……見えていない部分にもたくさんの世界が広がっています……である。というか、見えていない部分の方がほとんどだと思うのです。

※この車は停止しています　※走行中はもちろんシートベルトを着けています

※むしろ後部座席のシートベルトが義務になる前から、安全性を気にして後部座席でも着用しているタイプでした

ここまで書くとパトロール隊もホッとしてくれるのかもしれない。

ではどうして私は誰かへの嫌な書き込みをせずにこられたのか……。そんなのに理由なんてない。きっと本当に偶然で、この先誰かに嫌な書き込みをしてしまう可能性は大いにある。

Imagine……Imagine……言いながらも下世話なネットニュースの見出しをついクリックしてしまったり、なんの裏取りもされていない適当な記事を読んでeither

まったりする。自分はそういう人間なのだ。

残酷なもので、大半の人はその記事が適当だろうが真実だろうがそこの真偽には興味がない。デマを広められた本人はどうにかそれは嘘だと証明しようと努めるのだが、証明された時にはもうみんなは違うトピックを話していて、見向きもしてくれない。それはとても悔しくて虚《むな》しい。

しかし、自分がどちらの立場にもなりうることを忘れてしまうことの方が、どちらかの当事者になるよりも、ずっと危ないことに感じる。

少し脱線してしまったが、身近なシチュエーションでいうと、〝不機嫌〟に出くわした際に理性を意識することが多い。不機嫌はコントロールするのが難しい。私は近しい人にほどそういった姿を見せてしまうタイプだが、先日友達がイライラをタクシーの運転手さんにぶつけていて、なるほど私に対しては自重しても、知らない人には発散してしまうタイプかと知った。他人の不機嫌はやけに冷静に観察できるのに、自分の不機嫌には鈍い。

BELIEVE IN YOUR OWN HAPPINESS
จงเชื่อมั่นในความสุขของตัวเอง
自分の幸せに自信を持とう。
너만의 행복에 자신감을 가져

その上厄介なことに、不機嫌は時に癖になる。去年『説教するってぶっちゃけ快楽』という歌詞の曲が大ヒットしたが、やっぱり人々の中にどこか心当たりがあったからだろう。不機嫌とか説教とか、誰かをちょっと傷つける行為にはニコチンみたいなものが含まれているのかもしれない。

一度この人には不機嫌をだしていいんだと甘えてしまうと、何度も何度も相手にみっともない姿を見せてしまう。親だったり、友人だったり、後輩だったり……。一度タガが外れた理性は、自力で持ち直すことは相当厳しそうだ。

さらに私は時々、〝思い出し癇癪〟を起こすこともある。うまくいかなかった。恥をかいた。そんな記憶をことあるごとに思い出し、口内炎を歯ブラシでゴシゴシいじくってしまうように、自分で自分をささくれ立たせ傷つける。つい悲劇のヒロインとしてステージに立ち、自分のことを正当化し一人頭を掻きむしる。

こんな時はできるだけ人に会わないようにしているのだが、友人との平穏な会話の最中《さいちゅう》にも、なにかがトリガーとなって急に蘇ってきてしまうことがあるのでどうしようもない。他の人はどうやって乗り切っているのだろう。

自分の理性が利いていない時は、無闇矢鱈に人を傷つけることができてしまいそうで本当に怖い。

そんなことを延々と話している私に先輩はこう言った。
「理性を持っていない生物はやっぱり滅んできたんじゃないかな。〝これは危険そうだから食べるのはやめておこう〟とか〝一旦この先へ進むのはやめておこう〟とか、理性を持って過ごしてきたものたちが生き残っているんじゃないのかな」

私が「じゃあ私たちは理性を持っている種族なんですね」と念入りに確認すると、先輩は黙って笑った。

少しだけ安心したけれど、それでもやはり自分の中に悪魔がいそうで恐怖は拭えなかった。

help

エッセイを書くぞーとパソコンを開くも、気を取られる何かに脱線し後回し。今日こそは、とその後何度かトライするも断念し早一週間。気づけば〆切は明日である。

エッセイに書けることがない。書くことがないというのとはまた違う。むしろ三月から四月にかけては様々な出来事があった。父を誘って初めてのふたり旅をした。父の希望で琵琶湖一周ドライブをした。ちょっと照れる父の姿が印象的で、いつの間にか年老いていた部分も幼い頃から見てきた変わらない部分も、私にはどれも新鮮に映った。

他には、四カ国ほどに海外旅行に行った。相も変わらず、全て弾丸だったので旅費がとんでもなく嵩み、最近は節約に精を出す日々だ。旅慣れてしまったのか、これといってハプニングも起きず、そのまま人知れず帰国した。せっかくの海外だし、どうにかエッセイの題材にしようと思っても一〇〇〇文字あたりから先に進めない。なんとか思い出して話を膨らまそうとしても、スッカスカのエッセイが出来上がりボツ。

そんな毎日で何よりスペシャルだったのが、西加奈子さんがお食事に誘ってく

れたことである。胸を高鳴らせ行ってみると、村田沙耶香《むらたさやか》さん、レキシさん（池田貴史《いけだたかふみ》さん）、U-zhaan《ユザーン》さん、小宮山雄飛《こみやまゆうひ》さんという錚々《そうそう》たるレジェンド達の会だった。愛に溢《あふ》れて、聡明《そうめい》で、それでいてユーモアとウィットに富んだ会話に、ただ私はどれも聞き逃すことのないように必死だった。奇跡みたいな空間だった。あまりに尊いので、自分の稚拙な描写でまとめてしまうのが怖い。文字にせず自分の中にこっそりしまっておきたい気もする。それに、言葉を生業《なりわい》にしている皆様にとって気の置けない仲間達との食事会はオフレコの空間だろうし、新参者の私が公に書くのは尚更《なおさら》タブーに感じるのでやめておく。

一つだけ心残りがありまして、会話の内容には関係ないのでここに綴《つづ》らせてもらう。皆さんとにかく優しくて、帰り際「また開催したいね」とLINEグループを作ってくれた。帰宅後、グループラインはその日の話題の延長でぽんぽんと軽妙なラリーが続き、盛り上がる。そんな中、少しその会話を見るのが遅れたことに慌てた私は、「○○すごいですね！　###も面白かったです。@@@美味しかったですね～」と遡って全ての話題に触れ、長文で返事をした。グループの中で明らかに一人だけ、文字数も吹き出しの大きさも違った。テンポを止めてしまったし、そんな丁寧に書かれると皆さんが私に気を遣っちゃうだろうし、一言で言うと私は空気が読めていなかった。

案の定、私のその返信でラリーがぱたっと止まっている（皆さんは心の底から優しくて悪意なんて一ミリも持ち合わせていない方々なので、多分これは誤った私の深読みにすぎない）。いい意味で遠慮がなくて、皆さんにも気を遣わせない、さっぱりした後輩になれなかった……と今も落ち込んでいる。

しかし、こんなちっぽけな懺悔など比にならないくらい、素晴らしい方々によるとんでもなく居心地がいい会だった。またどうか、皆様とご一緒できますように。きっと西さんは、ごちゃごちゃ気にしている私を何も気に留めることなくまた普通に誘ってくださるのだと思う（本当に太陽みたいな方なのだ！　最高なのです）。一緒にいるだけで、つい自分まで素敵な存在かもと思ってしまうような、幸せな時間であった。

普段から、ハラハラするような事件や涙を誘うハートフルエピソードを掲載してきたわけじゃないが、最近は特に書けない。数日引きずるくらいの嬉しいことも、寝られなくなるくらい不安なことも、ひどく落ち込んだことも、いつも通りある。それらを書くことが難しい。

今までは少なくとも、書くことで自分のことを省みられたし、見過ごしていた自分の本音に気づくこともできた。間違いなく書くことで、ここ二年以上はこのエッセイによって、自分が一番救われていた。

ところが今は、少し書こうとすると他のことが気になるし、後回しにすればするほど億劫で、いつの間にか夏休みの自由研究みたいな立ち位置になってしまっているのだ。それはかなりショッキングで、できれば気が付きたくなかった事実である。

しかし、目を背けず正直に言うなれば、ここ一年ほどはずっとそうだったように思う。多分この連載がなかったら、とうに文章を書くことから離れていただろう。今でも読書は自分にとって精神の調律を担っているし、それによって気付かされる自分の見識の狭さにハッとすることが多くある。そんな体験を重ねれば重ねるだけ、言葉は神聖なものになって、自分へのハードルを高くする。

さらに情報を知れば知るほど、自分へ課す制約も増える。これを書いたら誰かを傷つけるんじゃないか……。その誰かの解像度が高くなり、より細分化されることで、その誰かを思うと書きたくなくなるのだ（例えば自分の楽しかった子供時代とか）。

二十四歳の私が人生を説くなんてことは勘違いも甚だしいし、自分が普段考えていることはどうしても暗いことばかりだし、読む人にとって何がプラスになるんだろう……と困惑中だ。悲観的なことを書いて〝「そんなことないよ」待ち〟みたいになるのも、何度も経験した。けれど、そんなことばかりぐるぐる考えているのも本当のことなのだ。

どうせなら楽しい話を読んでほしい。みんなが元気になることを書きたい。

小説、ビジネス書、エッセイ、歌詞……言葉を職業とされている方（職業とされていなくても）に出会うと必ずする質問がある。

「書くことをやめたいと思ったことありますか」

すると私の出会った人たちはみんな遠慮がちにこう言う。

「書くこと自体をやめたいと思ったことはないかな」

しんどいよね、わかる！　書くのやめたくなるよ！　と言ってもらえたら、すっかり気が済む私なのだが、皆さん大小あれど、ないらしい。

私にとってそれは、本物との違いを突きつけられる瞬間である。それでも、懲りずに聞き続ける。そして毎度打ちのめされるのだ。

やっぱり私はにわか書き手にすぎない。Twitterやnoteなど、世には面白く言葉を紡ぐ方々がごまんといる。


先日ドラマ撮影の現場で、ある先輩俳優の方に「長濱さんはこれからお芝居一本でやっていくの？」と質問された。その方は初対面で、私のこれまでや今の活動をもちろん知らない。なんとなく元アイドルの子という認識の、素直な質問だった。

「えっと、色々やってみたいと思っているのですが……」私は歯切れの悪い返事しかできなかった。

きっと俳優の仕事じゃなくても一緒だ。

「これから文章一本でやっていくの？」この質問に力強く答えられるだろうか。

それが今の自分を鮮明に表している気がして情けなかった。

いつまで経っても、こう。腹が括《くく》れていなくて、地に足がつかない。


十代の頃は書くことが好きだった。小学生の頃は、小説コンクールに応募したことがあるし（賞を取った全国各地の才能を目の当たりにし、小説を書くのはすぐやめた）、中学では国語のテストが得意だった。

この仕事を始めてからも、言葉を褒めてもらえることがあった。喋るより書く方が安全だったし、自分に合っていると自負していた。すると尚更《なおさら》、私はカッコつけた文章を書くようになっていった。新しく知った言葉はいち早く文章に落とし込みたいし、凝った表現をしたかった。人と違うことを証明しようと必死で、心のどこかでは、人と違うと信じてやまなかった。

その超カッコつけの時期は突然終わった。突然自分のことが猛烈に恥ずかしく

なったのだ。そして〝カッコつけるのが一番ダサいわ〟と斜に構えていた時期（シャカマ期）に突入した。かといって、急に力を抜いたとて技量自体が変わることはなく、そのまま拙い文章が露呈するだけだった。
そんな自分がカッコ悪くて、それにも気づいていたけど、どうしたらいいかわからなかった。

それを経ての現状である。単純に書くことが怖い。書くのが怖い、なんて文豪のようなセリフで、その気になってると思われるのも恥ずかしい。

まず私の好きな作家達は、そんなんじゃない。人のためになるようなことを書かねばと目をバキバキにしてパソコンに向かう私とは、姿勢も書くものもまるで違う。

伝えたいことは、他愛《たわい》もない話や日常の中にこっそり忍ばせられていて、読み進めても読み進めても、何を伝えたいのかははっきりわからない。最後の章に辿り着くまで、下手すると最後の一文を読むまで、それはわからない。最後まで読んでも、読者は作家の真ん中の部分を齟齬なく受け取れているか確信できるものはない。

読むタイミングによって拾うものが変わったり、その中に人生を変えるほどの気づきを見つけたりする。

受け取りの強要をしない。うまく渡せたり渡せなかったりするけど、その奥ゆかしさに憧れる。

それに比べて私はどうだ。できるだけ誤解されたくないから隅の隅まで説明尽くしだ。それでも誤解されると、次はそれの弁明に走る。

こんなでもいつか本物になれるのだろうか。そもそも、自分のいう本物ってなんだ？　一丁前に人を線引きして偉そうだ。

自分に腹が立ってきたので、ここらでこの原稿は終えておく。

＊

芸能界（と改めて口に出すと、何の成果も残せていないのにこんな言葉使ってすみません……となるな）に足を踏み入れてもうすぐ丸八年。

今もずっと消えないしこりがある。しこりといっても心をじんわりじんわり押し潰すほどには巨大化している。


私がアイドルグループに所属していたときのこと。二〇一七年なので、六年前になる。生配信の最中にメンバーにいじめをしていたと炎上したことだ。

当時一時間ほど生配信したなかで、私が特定の子を無視したり睨んだり、故意に椅子を蹴ったりしていたということであった。

その時の映像は、すぐに該当部分を見やすいようにトリミングされ、拡散されていった。その映像を見ると、私が彼女をいじめていると間違いなく思うらしかった。

六年という月日は過ぎてしまったがこの場で伝えたいことは、謝罪である。傷つけてしまった彼女に対して、そして不快な思いをさせてしまった当時の視聴者の皆さんに対して、文字に乗せてで申し訳ないのだが、言わせていただきたい。

本当にごめんなさい。

あれから六年。この言葉を公にすることに時間がかかりすぎてしまった。
当時、彼女にはすぐに自分の無礼な振る舞いを直接謝った。
燃え広がる炎に戸惑う私に対して会社の方は、この件について公に触れないことがベストだというジャッジをくだした。動じず、真摯に活動していくこと。故意でなければ、きっと今後の関係性を見て理解してもらえるはずだ、と。十八歳の私は、戸惑いながらも、この件に触れず、黙って鎮火するのを待った。

もちろん鎮火などするはずもなく、それはみるみる炎を増していった。グループのミュージックビデオのコメント欄も、私への抗議で埋め尽くされた。

当時の私は、自分が何をしでかしたのか、どうしてこうなったのか、理解できずにいた。

拡散されていく映像があまりに自分の記憶と乖離していたからだ。

仕事を始める前の学生時代を通しても、誰かを故意に傷つけようとしたことは絶対にしてこなかった。これは心の底から言い切れるほどに、私は自意識が強かったし、自分をコントロールすることに莫大な時間と神経を使ってきたからだ。


それ以降、私が彼女とカメラの前で話していたり、プライベートで遊びに行った写真をアップしたりする行為全て、自分の懺悔に利用しているように思えた。自分は空《くう》の誰かに向けて、彼女と仲良くしているのだろうか、自分の心もわからなかった。現実世界では、いろんな言葉を投げてくる人たちの姿は見えなく、目の前に彼女だけが存在していたのに、生活の全てでその言葉たちに監視されているように感じていた。これまで通りに過ごしているはずが、誰かへ向けてのアピールに思えてならなかった。

燃え広がった火は、力を増して、私の体型や自分の家族までをも燃料にしていった。自分の身体や大切な人たちがおもちゃのように扱われていけばいくほど、自分のやってしまった失態から目を背け続けた。

あれから、六年がたった。

たかが炎上かもしれない。当人同士で会話し解り合えていたらそれでいいのかもしれない。

でもあの日から、私はそのことで、死のうとしたことがあった。何度もあった。なんでいじめた側がそう思うんだよ!と思う人もいるかもしれない。

目の前の世界よりも、スマホの中の世界が全てになっていた。顔もわからない人たちの声が、頭の中で鳴り続け、怖くて、その文字が飛び交う世界の中で、息が詰まりそうになりながら、でもそこにずっと居続けた。自らその場所を選択して、居続けていた。

優しい声は全く耳に入らなかった。

当時、私を〝推し〟てくれていた人たちは、リアルタイムに何を思ったんだろう。混乱したのだろうか。嫌いになったのだろうか。その一人一人に説明しにいくことはできないが、ずっと謝りたいと思っている。

今でも、何か新しい情報が告知されるたびに、ニュースサイトのコメント欄に〝いじめ〟の言葉が並ぶ。

「いじめっ子をメディアに出すな」「この子、なにしてもいじめのイメージ消えないよね」

その文字を目にするたびに、こうやって何も言わずにスルーし続けてきてもいいのだろうかとよぎるのだ。六年たっても、鮮度は変わらず、息苦しくなる。

今までこのトピックに触れなかったのは、この動画の話題を知らない方もいるので、わざわざ新たに知って欲しくなかったからでもあるし、時間が経てば経つほど言及するタイミングがわからなくなっていたからだ。

静観が一番いいよ、というアドバイスも多く戴き、それもよくわかるのだけど、私がそういう姿勢でいる限り、ずっとあの場所から時間が止まったままの気がしてならない。話してみても変わらないかもしれないのだけれど。


最後に、この文章は自分視点でしかないので間違った部分があるかもしれない。傷つけてしまった彼女に、不快な思いをさせてしまった全ての方に、心からの謝罪を伝えたくて、綴った文章です。

私が自分を正当化していたならば、間違ってるよと正して欲しいです。よろしくお願いします。

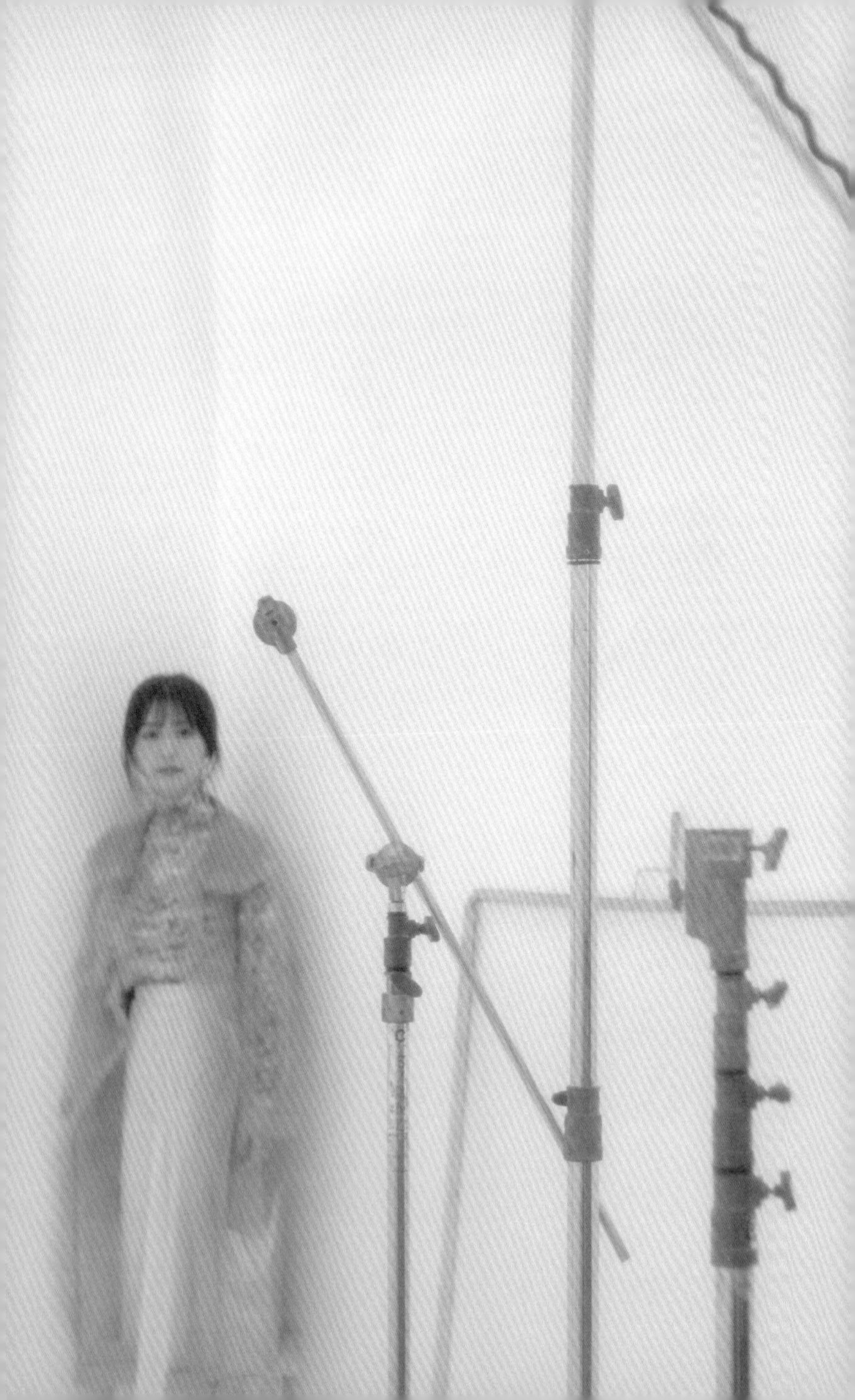

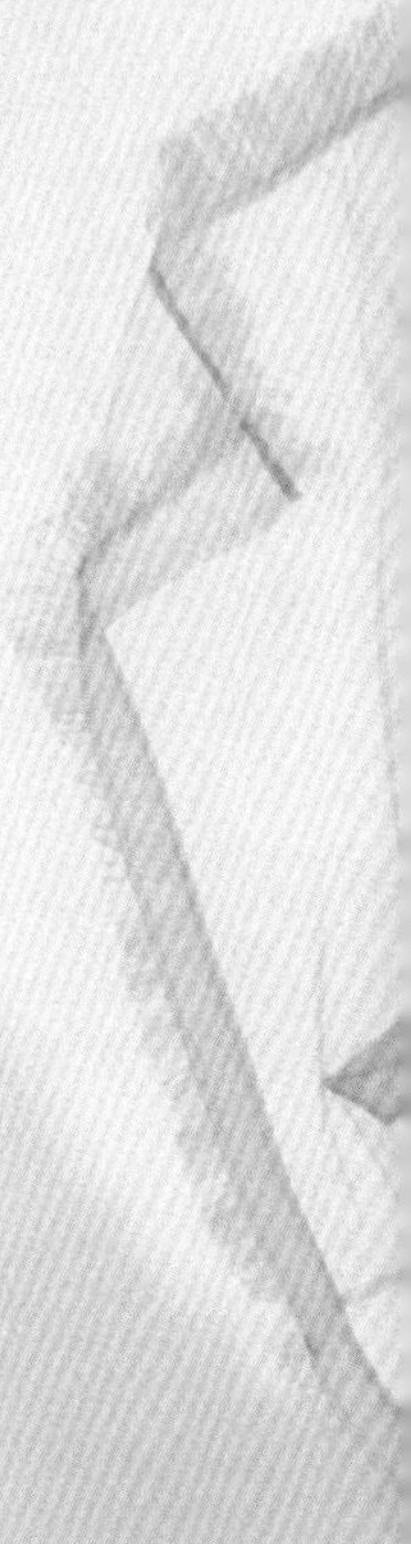

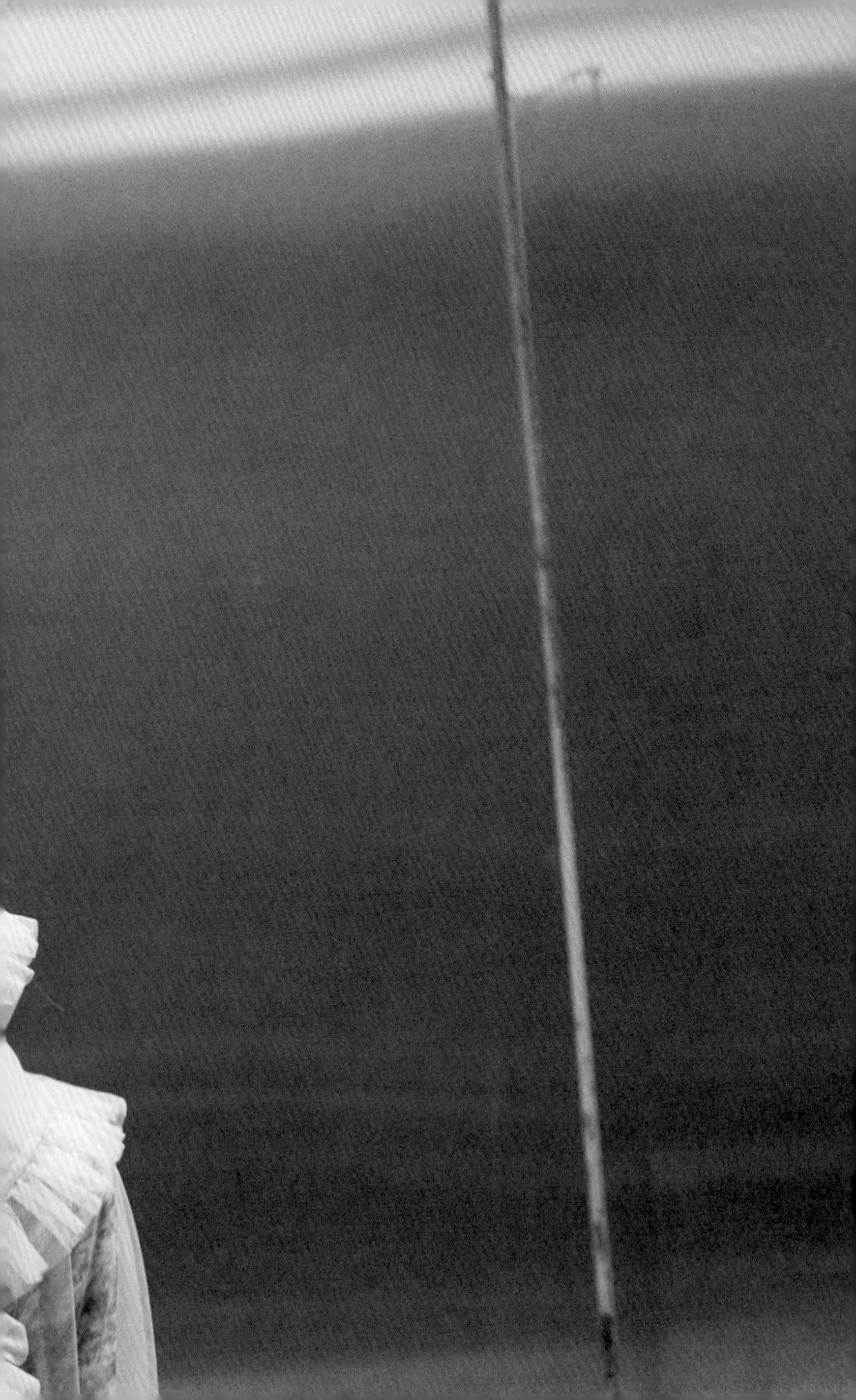

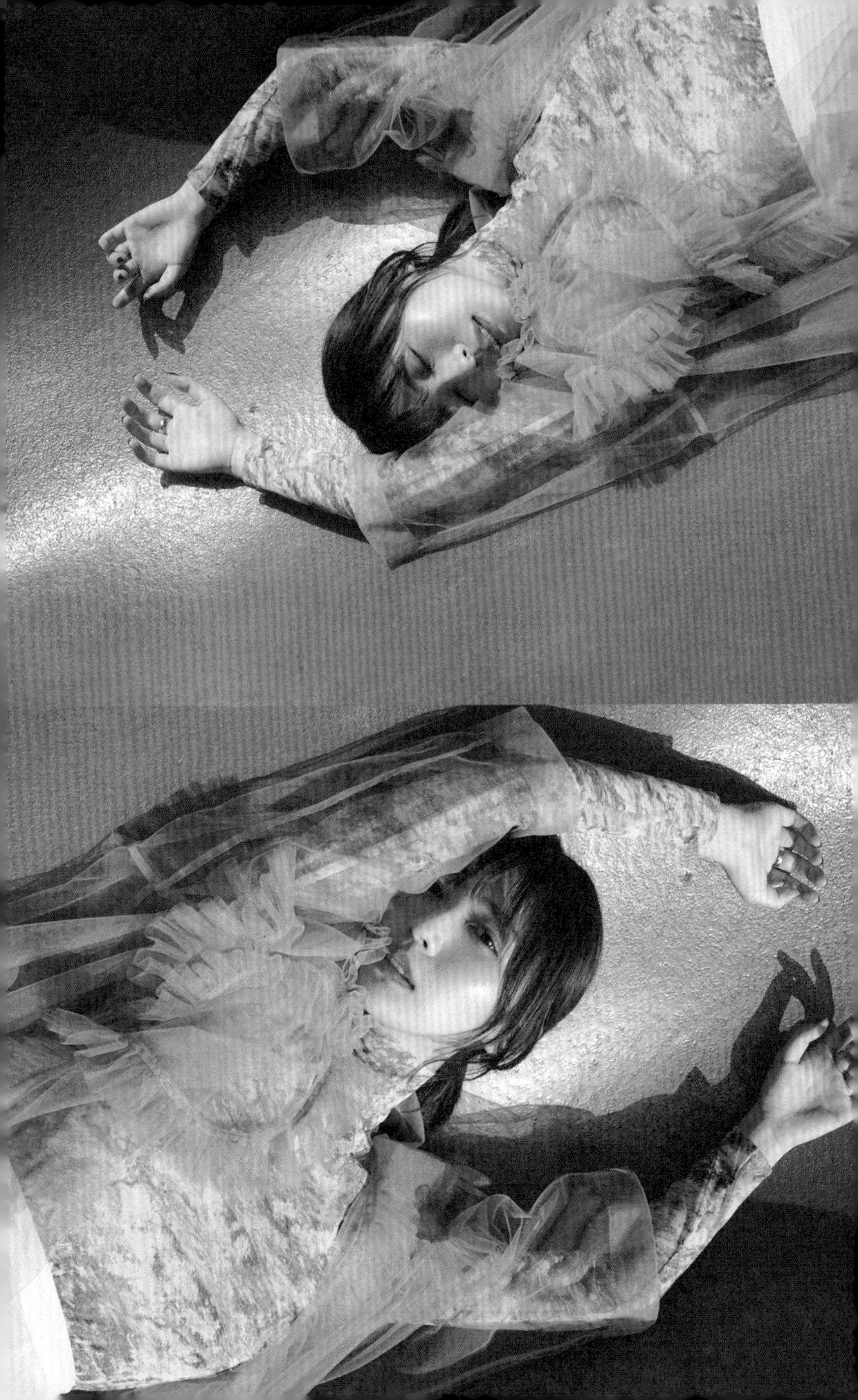

特別対談 III

川戸崇央《かわと たかひろ》

書き終えたあとに思うこと

二〇二〇年九月に『ダ・ヴィンチ』誌上でスタートした、長濱ねるの連載エッセイ「夕暮れの昼寝」。その担当編集として三年間並走してきたのが、当誌編集長でもある川戸崇央だ。川戸の目から見た長濱ねるの文章、そして長濱自身はどのように変化してきたのか。エッセイの書籍化を記念し、この三年間を振り返る。

文＝イガラシダイ

自分の文章は上手くない
気付いたとき、視界が拓けた

川戸　これまでの執筆期間を振り返ってみて、いかがですか？

長濱　提出したエッセイの初稿に川戸さんが感想を書いてくださって、それが生きがいというか〝書きがい〟になっていました。すごく長い感想でしたけど、それって他の書き手さんにもやっているんですか？　大変じゃないですか？

川戸　実はあれ、長濱さんに対して編み出したスタイルなんです。

長濱　え！　うれしい！

川戸　長ったらしい感想を送ってくるな、こいつ……って嫌がられているかもしれないと思っていましたが。

長濱　え、すごいうれしいです。私が気付いていない変化も察知してくださっていたし、書いてある一文を掘り下げてくださったり、川戸さんの考えから膨らんだりすることもあって、おかげで書くことを続けたいって思えたんです。執筆していた二十一〜二十四歳くらいの頃って、どんな仕事をしたらいいのかわからなくなっていて。でも川戸さんと原稿のラリーを続けていく中で、私にとって「書くこと」が大きな割合を占めていくんだろうなと思うようになりました。

川戸　長濱さんはエッセイで嘘をつかないじゃないですか。なのでこちらとしても毎回、原稿を真っ直ぐに受け止めようと思うわけです。しかも長濱さんは職業柄いろんなものに晒されている方でもあるので、原稿を読みながら、いまはどんな精神状態なのかなと考えてしまう。だから短文でお返事するのは難しくて、いつも長文になっていたというわけです。

長濱　私の書いたものに対して、「あなたいま、こんなことを考えてるんじゃないですか?」と言ってくださることで、「あ、これは怒りっていう感情なんだ!」みたいに自分自身を知ることもできて。それがモチベーションにもつながっていました。でも今回、一冊の本にするにあたって過去の連載も読み返したんですけど、よくこんな状態で『ダ・ヴィンチ』に載せてくれたな……と思いました。自我に塗《まみ》れてくねくねして何を言いたいのかわからない文章だったのにって。

川戸　僕は「書く人」のことが好きなんです。しかも長濱さんは誰かの真似をしない。たまに、他人の真似をして「こんな感じでいいでしょ?」というものを書く人がいるんですけど、そうじゃなかった。だからこそ読みたいと思いましたし、それゆえにこんなに長く続いているんでしょうね。

長濱　川戸さんと打ち合わせをしたときに、「長濱さんの文章は上手くないけど読みたくなる。中には上手いけど読みたいと思わない人もいるんです」と言われたことがありましたよね。その瞬間から割り切れるようになったんです。文章が好きでずっと書いてきたけど、私はまだまだぺーぺーで上手くないんだし、だったら格好つけるのやめようって。そうしたらすごくスッキリ書けるようになったんです。それまでは伏線回収みたいなことをしたほうがいいかなとか、ラストでしっかり落としたほうがいいかなとか考えていたんですけど、プツンって切れた感じで終わってもいいし、最初と最後で感情が全然違う状態になっていても構わないんだって思えて、うれしい変化がありました。

現在地に杭を打ち物書きの仲間入りをする

川戸　最初の頃、エッセイを読むたびに、長濱さんは何かあるんだけど書かない、触れないようにしているなって感じていたんです。東京に出てきていろんな経験をされているんだけど、多分まだ言語化してアウトプットできない時期だったのかもしれない。それが最近になって徐々に書けるようになってきていますよね。そういう自分の変化って感じますか？

長濱　アイドルになったときも辞めたときも、事前に誰にも相談しなかったんです。誰にも話さないことが格好いいという自意識もありましたし、誰かに打ち明けることで決断が変わってしまうのも嫌だったから。それってすごく弱いよなって。でも最近、グループ時代にすごく親身になってくださっていたチーフにお会いして、初めてそこで「もうちょっと（グループ活動を）頑張れたと思います」って口にできました。もうちょっと頑張れたんじゃないかって本当は薄々気付いていて、だけど自分の選択を否定したくなくって誤魔化していたんです。それがチーフに本音を話すことでやっと気持ちが解けて。そこで自分の変化も感じましたね。

川戸　長濱さんは自分でスパッと決めて、周囲には何も明かさずに行動してきた。それって未来の自分に対するロングパスみたいなものだと思います。多分、当時の自分はわかってないんだけど、何年かしてからそのパスを受け取って、気付くことがある。その瞬間、それまでの道のりが意味を持ち始めるというか。

長濱　最近、ようやく自分の中にあるトラウマを直視できるようになりました。なかったことにしてきたものがいっぱいあるんですけど、直視することでようやくスタートラインに立てた気がします。そして書くこととも向き合えた。

川戸　これまでの連載をあらためて一冊にまとめるというのは、決して軽い決断ではなかったですよね。

長濱　そうですね。でも決断できたのは、「できない自分」を認められるようになったからだと思います。連載を経て成長できたから一冊の本を出すのではなくて、上手く書けない自分に納得できたし、自分のことを知れたし、なによりもこれからも書き続けたいって思えたから、その証として現在地に杭を打っておきたかったんです。それってつまりは、書き手としての人生を長く見ているということだとも思うから、これからも頑張りたいですね。書くのはめっちゃ難しいし、自分を掘り下げるのはすごくつらいんですけど。

川戸　長濱さんはきっと、物書きのチームの仲間入りをしたんだと思います。最初は「私なんか」という状態だったと思いますけど、着々と積み重ねてきて、先輩が大勢いる物書きチームに入ることを選択したように見えます。

根底にあるのは怒りの感情 いつかはそれを小説に

長濱　連載って誰が読んでいるのかわからないじゃないですか。だから私にとって、川戸さんが直接感想をくれる唯一の読者って感覚があって、執筆中は心強い存在でした。とりあえず一人だけでも読んでくれる人がいるんだって事実はうれしかった。

川戸　それは逆に、今後は読者の方ももっと感想を言ってくれてもいいんだよって話ですよね。

長濱　言ってほしいですね。それこそ連載って読者の反応をフィードバックしやすいですし。だから、みなさんの感想が欲しいです！　これだけは声を大にして言いたい。

川戸　書き手としての今後の展望はあるんですか？

長濱　書きたいことがめっちゃあります。でも基本は「怒り」になるんですよ。とにかく怒っていることがあって。たとえば年齢や性別などのパーソナルな部分で見下されることがすごくあって、それに対して「くそっ！」って怒りが湧く。普段、私は鎧を着て生活しているからなのか、「ねるちゃんって怒ることあるの?」って訊かれるんです。でも鎧の中では怒りまくり、もうすべてに怒ってるんですよ。そして怒りの感情って他者との関係をくっきりさせてくれますよね。好きとか、楽しいとかよりも、怒りのほうが自分と相手の関係を浮き彫りにしてくれる。好きな相手に対してイラッとしたとき、なんで自分はこんなに好きな人に対して怒りを持ってしまったんだろうって分析してみると、自分の中にあるすごく嫌なことや拒絶していることが見えてきたりもしますし。そういうものを小説にしてみたいんです。フィクションだけど、書き手としての私が思っていることも投影しながら。

川戸　怒りという感情をモチーフにした小説というのはたくさん存在しますけど、やはりキャラクターと書き手は距離を置かざるを得なくて、だから書き手が実際にどう感じているのかは見えにくいんです。でも長濱さんはフィクションと書き手とをつなげられるような存在になるかもしれませんね。

長濱　そんな自分の書いたものが誰かに届くといいなって。世の中の人たち全員が壮絶な人生を生きていると思うんですよね。きっといろんなものに絶望したり裏切られたり、ショックを受けたりして、でも表では普通の顔をして平然と生きている。みんな一緒なんだなって。

川戸　怒りって不思議な感情で、喜びなんかとは違って後から気付くこともあるじゃないですか。「あ、あのとき抱いていたのは怒りだったのか」みたいに。そんなふうに言語化されていない怒りが誰の中にも存在していて、それに気付かせてあげるのが長濱さんの書くものの役割かもしれない。それってきっと、誰かにとっての救いになるんじゃないでしょうか。僕は担当編集者として、滑走路を走っていく長濱さんを見守りたいと思います。

長濱　でも一方で、自分とはまったく違う人が存在することにも、この連載を通じて気付かされました。「みんな、こんな思いをして悩んでいるよね?」と思いながら書いてきたけど、気にしない人、「考えすぎでしょ」で終わらせる人もいる。それを確認できたのも書き手としては大きかった。じゃないと独りよがりの文章になっちゃいますし。そういう過程を経て、文章を書くときには自分の内面を掘り下げていくというスタンスになれましたね。

川戸　これから先、内面を掘り下げていくことが大事になるでしょうし、それが勝負だとも思います。一緒に走っていくので、今後もよろしくお願いします。

かわと・たかひろ　1986年、岩手県盛岡市生まれ。東京大学法学部を卒業後、2010年(株)メディアファクトリー入社。2021年よりダ・ヴィンチ編集長。主な担当書籍に紗倉まな『最低。』、DAOKO『ワンルーム・シーサイド・ステップ』、高山一実『トラペジウム』、弘中綾香『アンクールな人生』など。

川戸崇央さん

書き終えたあとに思うこと

おわりに

読んでいただけて嬉しいです。本当にありがとうございました！「たゆたう」の言葉通り、正直今でも自己認識は固まっていません。何を職にしたらいいのか。職にはついているものの、このまま二十代三十代四十代と進んで行ってもいいものなのか。いつまで経っても確信は持てず、日々をサバイブすることに必死です。

ぷかぷかと風吹くままに身体は流され、ゆらゆらといろんな時期によって心は変わります。

けどそんなものだと認めて、揺蕩ったまま、せめて下降しないようにとたまにあがく。それでいいのかなと。

自分が死ぬ時は、誰も私の人生を振り返って点数をつけたりしないし、初志貫徹なんかしてなくても、自分が満足して納得できる時間になっていたならば、なんでもOKなのではないか……。

いろんな日々があるけれど、彷徨いながらいきましょうか。

長田弘《おさだひろし》さんの「贈りもの」という好きな詩があります。

その一節より。

〝大事なのは、自分は何者なのかでなく、何者でないかだ。急がないこと。手をつかって仕事すること。そして、日々のたのしみを、一本の自分の木と共にすること。〟

二十四年生きてみたけれど、

積み上げてきたものに何の実体も感じられないし、

むしろ勝手に積み上がっているものにうんざりすることもある。

だけど今回、「手をつかって仕事すること」をこの本によって、一つ自分の中に積めた気がして、嬉しいです。

自分をゆるして、他人をゆるして、優しい心でいられますように。

またどこかで、出会えますように。

本書は、『ダ・ヴィンチ』二〇二〇年十月号～二〇二三年六月号の連載「夕暮れの昼寝」に加筆修正、改題のうえ単行本化したものです。なお、「はじめに」「おわりに」「私の仕事」「＊」は書き下ろし、「特別対談Ⅰ～Ⅲ」は初収録です。

長濱ねる（ながはま　ねる）
1998年、長崎県生まれ。幼少期は五島列島で過ごす。2015年にけやき坂46（現在の日向坂46）として活動を始めたのち、欅坂46のメンバーとしてデビュー。19年に同グループを卒業。
卒業後は雑誌『ダ・ヴィンチ』(KADOKAWA)にてエッセイを連載、3年を節目に初の著書『たゆたう』を刊行。執筆業の傍ら、俳優業をはじめ、バラエティ番組、CM出演など幅広く活躍。趣味は海外旅行、読書。いつか“本屋さん”になるのが夢。

たゆたう 特装版《とくそうばん》

2023年 9 月 1 日　初版発行

著者／長濱《ながはま》ねる

発行者／山下直久

発行／株式会社KADOKAWA
〒102-8177　東京都千代田区富士見2-13-3
電話　0570-002-301（ナビダイヤル）

印刷・製本／図書印刷株式会社

●お問い合わせ
https://www.kadokawa.co.jp/（「お問い合わせ」へお進みください）
※内容によっては、お答えできない場合があります。
※サポートは日本国内のみとさせていただきます。
※Japanese text only

定価はカバーに表示してあります。

ISBN 978-4-04-682898-9　C0095
NexTone PB000054010号